蚂蚁书架

关于　　　诗与思　　　的
　　　　零　碎　笔　记

朵渔　著　　　　　　　执迷者 手记

天津出版传媒集团

天津人民出版社

图书在版编目（CIP）数据

执迷者手记 / 朵渔著 . -- 天津：天津人民出版社，
2023.9

　ISBN 978-7-201-19337-3

　Ⅰ.①执… Ⅱ.①朵… Ⅲ.①随笔－作品集－中国－
当代 Ⅳ.① I267.1

中国国家版本馆 CIP 数据核字 (2023) 第 071402 号

执迷者手记
ZHIMIZHE SHOUJI

出　　　版	天津人民出版社	
出 版 人	刘　庆	
地　　　址	天津市和平区西康路 35 号康岳大厦	
邮政编码	300051	
邮购电话	(022)23332469	
电子信箱	reader@tjrmcbs.com	

责任编辑	伍绍东
装帧设计	美好城邦 ·陈大强　汤磊

印　　　刷	天津海顺印业包装有限公司
开　　　本	880 毫米 x1230 毫米　1/32
印　　　张	8.25
插　　　页	1
字　　　数	100 千字
版次印次	2023 年 9 月第 1 版　　2023 年 9 月第 1 次印刷
定　　　价	46.00 元

目　录

辑
一

我写诗故我不在

我写诗故我不在，以便让某物存在。

写到中年后，某种浮华的温情逐渐淡薄，渐生一种"人散后，夜凉如水月如钩"的感受。

一切成熟都渐趋简单，复杂多因青春期的酸涩。

长期的热忱之后，突然发现脚下的灰烬越积越厚了。

柯勒律治曾提出过一个让瓦莱里着迷不已的问题："写诗的时候，我在做什么？"是啊，我在做什么？在出神，在祈祷，在修造纸上建筑，在沉迷于一幅画……反正不是在写诗。

伟大的作品很少是即兴创作，它们必然来自艰辛的劳作。所以，放弃你的花招，回到朴素的言说吧，那点小聪明只够用来沾沾自喜。

不要做一个内心惊慌的老年人。同样的，也不要做一个心如死灰的青年。

有时候，一切动力皆来自"再写一首"的简单诱惑。

用一生时间目送自己走进坟墓，写作是记录这一过程的流水账。新作被讨厌自己的人读到，叹息仿佛一阵齿间风。

不要奢望了，你的诗永远大不过你的灵魂。

大多数写作者，一入暮年便滋生出一种基于顽固的个人经验的保守主义，而真正的保守主义则基于一种广阔的、开放的心灵。

每当看到一个年轻人的愚蠢时，我都赶紧检讨一下自己的老朽。

谢谢你对我的冷嘲热讽。谢谢你告诉我人生真相。

在人生中诗是很小的一个东西，但与永恒结合，它便是一切。

我知道我的才华几乎等于零，我为此感激上苍。

把诗贴到广场上，总是件令人羞涩的事情。它最好的位置还是在一盏孤灯下。

当一个人站在星空下的旷野上默默祈祷，那就是诗了。他什么也没说，但沉默也是诗。

词语并没有自动为我带来本不属于我的东西，我始终在"我"之内写作，而我多么希望通过写作将"我"这个对手一击致命。

用一生的时间犯错，再用一生的时间悔改。另一个我在一旁简直看呆了。

诗这个东西，你如果不写上个二三十年，就根本不知道它是个什么东西。我不知道评论家们是经由何种途径认识诗的。

别玩个性了，成熟一点吧。"一个个性非常独特的人，却往往是一个非常平庸的作家，反之亦然。"舍斯托夫的毒舌。

诗是道路。你们认同那不知所云的大师，我只喜欢那些在心灵的痉挛中不断流泪、不停祈祷的悔改者。

诗，发起疯来就会造语言的反。

只要我的诗里还有太多"我们"，就还没有真正写到诗里去。

小说要掺很多生活的沙子。诗人往往因为太纯净而很难写好小说。

大师们通过作品影响青年，但不要做"教主"，"教主"是一种撒娇和极权。

我们对别人的厌倦往往出于自恋。如王尔德所言："期望别人和自己一样出色，是不公平的。"他还有一句毒舌："觉得别人全都远远不如自己，这种意识是唯一叫人活得下去的东西。"

他的诗如险中探物，一不小心就两手空空。

诗带我们来到理性的悬崖边，往下看，会看到荒诞、死亡、信仰和诗的倒影。

本着日格一物的精神，今天，我将一本书作为研究对象——这本书，我在二十五岁时就将它买回了家。作为一种虚荣，它完整地陪我度过了二十年时光。二十年，从青年到中年，生命中发生了多少事情，我却从来没有读过其中的任何一行文字。与其说惧怕它的艰涩，倒不如说我的生命没有为我翻开这本书。而如今，终于到了去读《存在与时间》的时候，它终于从一种虚荣，变成了一个真实的问题。

黄昏的雨，在最后一声鸟鸣中进入沉沉暮色。天空的大伞张开，记忆覆盖着记忆，时间重叠着时间，一切流逝的，又仿佛全都存在了。死者们恍若归来，那表情依然未变。多日不见的旧友，仿佛已不在人世。我在哪里？人类又在宇宙哪个温暖的巢里？鸟雀那最后的话语又将留给谁？翻开昨日读过的几页经文，重新又读了一遍，关于什么是不朽，我尚没有确凿的信心。

写出人生的第一首诗和抽人生中的第一支烟，几乎是同源的。

不要在作品中有太多的自我辩解，那让人厌恶。应多一些谦卑和忏悔。

我们总是对别人身上的问题洞若观火，却对自己的问题充满迷思。

要警惕：陷入一种信仰里，可能同时也意味着陷入一种谬误里。

诗如果不参与自我的更新，那就是诗和人的双重辜负。

满世界都是陌生人。我也仿佛刚认识自己不久。

想象一首完美的诗，但永不写出。

我们为什么总生活在自我的反面？尼采仇恨形而上学而歌唱大地，但他始终生活在超验的王国里。（舍斯托夫）

领受罪的过程——自身的，和叠加的，仿佛一种嘴角带着血丝的快意。

我们总是用对待大人物的苛刻标准去苛求小人物。

我为我写下的一切感到羞愧，但为什么还要不停地写？

我们所由来的那个暗夜里没有源泉，没有救赎，唯一的救赎来自黎明时窗户上的光。

自恋是一种动力，但是一种不断衰减的动力。

写作是沉入自身孤独中的自动涌流。

每一个词语下面都埋着无数亡魂，当搬动这些词语时，你要小心。

写几首小诗，和放几只羊本质上没什么区别。诗人啊，多体会牧羊人的快乐。

这么多年来，你以为你是这些作品的作者／主人？不，你上当了，你是它们的奴隶。

它在自己的茧房完成了华丽的蜕变——我们也需要一间这样的房子。

用词语这堆有限的干柴，燃起一堆熊熊大火。如今只剩下灰烬，如火山喷发后留下的灰。

在走向一个绝对目标的途中，处处是深渊。

要小心啊，真理在握的人，因握得太紧，真理已在你手中融化。

有神论者和无神论者心中的世界景观是不同的，他们写着两种不同的文学，过着两种不同的人生。

能把诗写得合理、有逻辑，已是一个不小的成就。读很多诗人的早年诗作，完全是不合逻辑的胡写。

一个诗人，要蜕掉多少层皮，不断从里面更新自己，才能成长为一个大诗人。

所有的蜕变都是首先从内部发生的。

新写了几首新作，如同压舱之物，秘不示人，这让他心平气和地浪费了一段时光。

"凡是诚实的诗人，对于自己作品的永恒价值都不太有把握，他可能费尽一生而毫无所得。"（艾略特）他这么说是诚实的吗？

"但在迷路之时，如果能够，人就必须回到起点。"施特劳斯的教诲同样适用于在现代性中沉溺既久的诗人。

一个通过诗歌认识世界的人，和一个通过股票交易大厅认识世界的人，会有多大不同？我们都是偏狭的，待在各自安全的洞穴里。

在一种精神的深度不适中，诗的阵痛期到来。

强势者隐然结党，弱势者公然成群。

大部分诗人都是为了让诗改变命运，而不是让命运改变诗。

在这世上，我曾为一个少年命名，除此之外，一切皆不属于我。我不曾命名一朵花，不曾命名一棵树……但我命名了我所有的诗。

依靠对同代人的微弱的反驳，他获得了一种轻便的前行动力。

有时候，是那些不打算向诗要太多的诗人，从诗里得到更多。

这远来的大师对我来说只是一服药引，真正的药还需要我到生活里亲自配制。

不和外行人谈专业，也是为了彼此尊重。

写作会让人变得更好吗？想来是不会。

一个凶狠地对待语言的人，在生活中也可能很懦弱。

我喜欢睡醒后就微笑的人。

那顶帽子戴在他头上不太合适，看上去像一只露着牙微笑的豺。

里尔克说塞尚四十岁之后的三十年，除了工作之外什么都没做。"没有快乐"，"在持续的愤怒中"，"和自己的每一幅作品的冲突中"，去追求那不可企及又不可或缺的"物之实在"。我能理解老塞尚的感受，并依稀看到了自己的命运。

一个美丽的女人，我宁可把她当作一副美好的皮囊去欣赏，也不愿再往里看——我怕触及那深不可测的人性。

所有的大师都是工作狂，因为他们在挑战人的极限。"劳作，唯有劳作。"（艾略特）

每次说话超过五句，我便羞愧地发现了自己的愚蠢。

穷人的简朴让人尊敬，穷人的寒酸让人怜悯。富人……富人没什么好学的。

要像塞尚使用他的静物那样使用词语。"他所使用的物品是多么简陋啊！那些苹果只能用来煮食，那些酒瓶很配放在破旧上衣的口袋里……"

奥古斯丁说骄傲是万恶之源，屈梭多模说我们哲学的基础就是谦卑。这两句话也同样适用于诗学——而我们多是吹牛的诗学。

一个快意的冲动：到诗的反面去颠覆诗。

诗与语言的关系与其说是一种友谊，不如说是一种敌意。

事实上，诗是无法真正被写出的。博纳富瓦也认为，"诗是寻找，而非找到"，"总的来说，诗是一种活动，不是一个文本，因为根本性的东西在诗歌之外，在生活之中"。

屏蔽一切现实之物，与诗同在。一上午。

夜深了，隐匿的大师拉上窗帘，熄灭灯，在黑暗中将一些闪光的词语一一组装。

他热爱一切流行之物，始终漂浮着，在潮流之上。他有一颗文学青年的心，于是一直年轻。

做评论的人，通常诗会越写越差。你搞不懂，是因为理论过度干涉了写作，还是写作根本不需要那些理论？

史蒂文斯说，诗只会显现给天真的人。而有人却讲究人情练达即文章。唉，我笑世人多世故，世人笑我太天真。

破碎的后现代主义为偏狭的心灵预备了各种孤独的容器。

康德说得对，"人性这根曲木，绝然造不出任何笔直的东西"。

一个远方的朋友，已去世多年，仿佛仍安静地生活在世上。他已沉默多年，我还留着他的电话号码。

当我们谈起在牢里的某个兄弟时，我通常会想起那个在阁楼上捉迷藏的小女孩，当她藏进谷仓的木箱里，合上盖，搭扣"吧嗒"一声在外面自动扣上，仿佛死神为她关上了门。她是多么希望有人能够找到她啊，但她藏得太严了，外面的伙伴早已放弃了游戏，各自回家去了。几天之后，她才被父母找到，没了呼吸……我们就是那些共同做游戏的伙伴啊，在没有相互找见之前，都不要回家。

他偶尔会想，如果突然得了绝症，是否还有求生的欲望。你会甘心离开这个世界吗？就没有一样东西让你留恋？清晨的鸟鸣，傍晚吹过林间的风，以及她披着湿漉漉的头发在门口微笑？

痛苦地生活在人世间，比愉快地生活在天堂里，哪个更好一些？也许死亡这样的事情，只适合与鬼魂们交谈。

想起那个异乡的守灵人，常年照顾着灵堂里的历代亡魂。每天早起开门，洒扫庭除；晚上关门之前，总要吆喝一番，在阒寂无声的夜里，经常会闹出一些动静来。有一个雪夜，他甚至听到敲门声，打开门，无人，白茫茫一片大地真干净……

因为对人世过于热爱，我们才将天堂的想象建立在大地上。

在另一个世界，你还想认识哪些老熟人？

我越想爱众人，越感到自己无力；独处时我一个人就是许多人。

诗人总是对别人的问题看得一清二楚，却对自己的问题一无所知。

知识的傲慢所造成的偏狭是如此的惊人，尤其在写作者身上。知识人要保持一种无知状态是多么难得。

拒绝成长是一种撒娇。向公众撒娇则是一种自恋。

诗可色情，不可下流。

活得过于严肃以至于失去了活的乐趣。诗亦如此。

一篇评论，煞有介事地围着诗绕圈子，像一头蒙眼驴。

他的话太多了，以至于让人觉得无足轻重。

垃圾总是琳琅满目，真理显得井井有条。

唯有一知半解者，才会喜欢高深莫测；唯有高深莫测者，才可以安然隐身。

他守着自己那一点领地，终于成为那领地里的王。

他在严寒中写作，写一页烧一页，他靠焚烧自己的手稿度过寒冬。

写作是一种祈祷仪式。（塔可夫斯基）"要知道，所有的创作实质上就是自己的祈祷。"布罗茨基也如此说。只有如此，写作才不会落空。

沉入可能会造成某种偏狭，但不沉入就真的和诗无关。

没有在大海上航行过不明白灯塔的意义，没有在旷野中流浪过不懂得星空的秘密。

有一本书还没写出来，我已看到了它的形状；但从来没有一首诗让我提前认识，诗总能带来意外之喜。

你总想冲破语言去写一首绝对之诗，如同在生之中去理解死。

有时，你甚至想为一个美好的句子安排一首诗。

"寒冷思想的自负的冷漠"，某一类知识写作。

思绪，将一页纸瞬间变成一片海……

唉，穷人里胖子真多。

长期不写，手就生了，这大概就是诗的手艺属性。

人们总是一边觊觎着绝对之诗，一边写着可有可无的垃圾。

她从十八岁开始出名，然后就再也没有长大。

在诗人的所有品格中，傲慢总是令人可怜又可笑。

你很难打败一个倔强的人。你很难超越一个在一条道上走到黑的人。

当他变得宽宏达理时，他惊异地发现，他的性欲也消失了。

承认吧，还是说别人的坏话最过瘾。

因此，真诚的赞赏是一种向上的力。

诗歌史像一个愚蠢的家长。

谦卑和骄傲是一体两面，有些人过于谦卑以至于看上去像傲慢。

一首诗，写好之后收藏起来。未被阅读的快乐。

尼采影响我到三十五岁。三十五岁之后，我就老了。

卡夫卡陪了我两年，那两年我们无话不谈。可惜他死得太早。

大师啊，就此别过。

风对树说得太多了。

说得越多，我就越想沉默。

在一种理想状态下，我希望我的诗变成一块石头，无用，亦无教诲，只是一种实实在在的存在。

世界是一件灰色的袍子，上面缀满彩色的虱子。

世间可读的书不多，我花时间读那么多书，也只为确认哪几部可读。

一部书都不读的人是如何度过自己的人生的？——他／她读苦难，读荒诞，读人间喜剧。

他就想删繁就简，将自己活成真理。

他通过每日大醉度过余生。

孜孜不倦地将愚蠢传授给别人，这是我们很多作家在干的事情。

人们讨厌真理在握的人，因为人们认为真理通常掌握在自己手里。

就像一个男孩对一个女孩的懵懂与无知——一首诗晦涩的恰当程度。

把所有理解的路都堵死，你就安全了。

为了防滑，应该往诗里加些沙子。

趁年轻，可以在诗里多犯些错误。

诗可以从"自我称义"的傲慢与无知掉头往回走，越过浪漫主义的草地，回到古典主义的永恒领地。

离开"朋友圈"，将诗放置到一种真实的关系中，比如说，一个陌生的女孩在灯下翻开你的诗集……

为了让先锋显得更先锋，人们几乎变卖了手里所有有价值的东西。

"我们不是医生！我们，是病痛。"（赫尔岑）同样也可以说，诗是问题，不是答案。

诗人们有很多理论，就是无法指导自己。

他计划在八十岁的时候出版自己的第十部诗集，但他只活到七十八岁，好在他的诗替他活过了八十岁。在那之后，便很少有人记得他了。

诗应该写到夜晚去，应该写到世界的反面去，写到人迹罕至的旷野去。

1939 年，乔伊斯出版了他的"夜晚之书"：《芬尼根守灵夜》。他弟弟说，乔伊斯已写完了人类历史上最漫长的白昼，现在应该是写最黑暗的夜晚了。

诗是人揪着头发让自己上升的一种努力。当然，也只是一种努力。

诗是一座监狱，但是一座有深度的监狱，里面只关着一个人，并将终身监禁。

关上朋友圈后，天空突然变蓝了。

我们嘴上不说，但内心里谁都瞧不起：张三不行，李四不对。事实上我们可能谁都不如，但我们靠这种偏见积累信心，修筑堤坝。

你永远不知道你在别人眼中的样子。这样很好，世界和平靠此维护。

如果没有一种荒诞的爱，人类世界一天也存在不下去。

多和自己争吵，这很重要；少和别人争辩，那很无聊。

他一生的奋斗，就是希望能有一所大房子。他终于实现了自己的愿望，在死前几天。

人或可掌控自己的小机遇，但很难把握大命运。

人啊，还是戴上面具更可爱。

没有人愿意为他指出那些缺点了，鉴于他为自己准备了充分的辩护词。

诗的雄辩往往由软弱构成——人性的真实。

人与人之间还是离远一点比较好，那样心会靠得更近一些。

古人的思念更漫长，一生难得见上几次面，一封书信也要走上几个月。

聚书之乐，源自一种恋物癖。

朋友们去探望他时，他已处于弥留之际，望着满墙的书籍，一生所聚，万念俱灰。

当代作者们太自负了，这也是没办法的事情，他们还没经历时间的淘洗。

这条路上太拥挤了，有多少人是被推挤着往前走的。

人们拼命表现出爱的表象，生怕露出罪的底色。

愤怒很容易，平静下来很难。诗也是如此。

群众的眼睛是雪亮的，尤其是对于他人的不幸、痛苦和眼泪。

思想让诗不堪重负，戏谑为它松了松绑。

一天中我大概只有三分钟的时间真正在诗中，其他时间，我只是在读诗、写诗、思考一首诗中度过。

为了躲避下一个痛苦，她让自己一直待在上一个痛苦里不出来。

"我会在一种什么样的情形下死去？"他对自己最大的好奇。

自我感动是一种上瘾之物，本质上和烟瘾没什么两样。

人只能写人的话，而诗却渴望僭越神的话语。

人写了那么多像诗的东西，却唯独没有诗，就如同复杂的祭仪里没有神。

有时你在一个人的整本诗集里都找不到一首好诗，这是一个悲剧，但经常发生。

诗，要么依赖专业性，要么依赖天才性。而很多诗人却是以一种非专业的态度处在天才的幻觉里。

诗歌里的争吵，最好是跟自己争吵。否则，就尽量保持安静吧。

诗是在某种沉入的状态中对海德格尔所言的"存在的遗忘"的唤醒。

诗人善用隐喻，因为他试图向人们揭示那不可言说之物。苏格拉底也是善用隐喻之人。

　　文字的自我指涉悖论，让"言说"本身陷入了一种自我诠释的死循环：言说之外，一无所有。而诗的荒诞命运即在"言说之外"。

　　作为一个诗人，他一直确信他可以写出一篇精彩的小说来，"可以超过很多小说家"，但他一直没有写——他不知道写下它的意义何在。

　　他已经写过夜晚的思想，那是世界的另一面；他确信他可以写一首"反诗"——诗的反面。

　　诗人，你确信你在思想？关于人类的思想你到底知道些什么？你这个不学无术的天才。

　　与之相反的，你知道这些知识知道那些知识，但你还是无法知道关于诗的知识——诗的奥秘超越于这一切知识之上。

　　韩东说诗到语言为止，但我想摆脱语言写一首诗，或者用"反语言"写一首"反诗"。

为什么那么多说起来头头是道的人，写起诗来却别别扭扭？

当你面对一个人写作时，那可能是一首爱情诗；当你面对一群人写作时，那可能是一首政治诗；只有当你面对自己写作时，你才真正是在写诗。

这位老妇人，当她在教堂将内心的苦闷和祈望诉说一通后，便内心平安地回家去了——这也类似于我写完一首诗的心情。

在远离祖先的土地上，想起祖父如蝼蚁般匆促的一生，无喜也无悲。他在那片黄土地上娶妻，生子，饲养着一群牲畜。他为每一头牛准备夜草，为每一个子女安排前程，将缰绳套进犟牛的脖子，为淘气的子孙平息事端，为家族的新成员欢欣，如同驾着犁欢快地翻开早春的土地。他未曾离开过那片土地，也未曾在另一个世界生活过。但这样就很好，这样就很好。每当想起祖父在布满牛粪和洁净麦草的牛栏间愉快地吹着口哨，我就知道，一个牛倌的一生也曾经幸福过，

如同那些天上的飞鸟，也不种，也不收，也不积蓄在
仓里。祖父的一生必如鸟雀般轻松自在，祖父的一生
必如鸟羽般无足轻重。

　　先锋是一种贫乏。

　　愤怒超过一定限度会将诗烧掉，悲哀到一定程度
也是如此，只有悲哀而没有诗。

　　梦想将一首诗写成一朵花的程度也是一种盲目的
虚荣。

　　当我在中年的黑森林边徘徊时，会遇到我的维吉
尔吗？但我已预定了暮年的贝亚特丽采。

　　人很可怜，生活就是一遍遍地求得谅解，或轻易
原谅自己，或永不原谅。

　　梦想一种旷野里的孤独。

那么多平庸的写作将我们平庸的人生平安地送到了墓地——写作的世俗功效，荒诞而无意义。

拥有那么多干燥的知识的人生大抵也是干燥的。

过于赤裸的写作将赤裸的人生还原到一种透明的程度，诗和人生都失去了遮掩。

有时候觉得这个世界空空荡荡，有时候觉得拥挤不堪。人无法获知对这个世界的真相。

同时拥有多项才能对一个普通人而言是至福，对一个诗人而言却未必。

汉语里的低音太多了，但诗人多多却唱出了汉语里令人激动的高音 C。

人们还是年年在谈海子，而我已经三十年没读他了。

我对顾城也喜欢不起来，至今只记得他两行诗。

最好不要让自己哭出来。强忍的悲痛更有力量。

所有事后让自己感觉脸红的作品都是因为虚荣。

在飞驰的高铁上读苏轼的独木舟……生活因见异思迁而充满乐趣。

当我在别人的作品中读到与自己类似的错误时，内心会抽搐一下——几乎是一种对全人类的怜悯。

世界上最悦耳的声音是"你好"。

如今，我只求写作能增添我的谦卑和无畏。

不要被过多的行业黑话折损自己创造的自由。

过于封闭的圈子文化正在拉低整个行业的心智。

　　我喜欢读那些充分袒露其自身病症的作品，这让我有一种同病相怜之感。有些诗人一旦治愈了自己，他便不再是一个诗人了。

　　我有一个简单的梦想，希望有一天可以抛下一切，带上最简单的行装，去山地或乡间漫游一段时间……也许仅仅作为一个梦想而不去实现它会更好，毕竟，每次外出超过三天我就开始焦虑。

　　还有一个愿望，就是夜深人静时，一个人去陌生的街巷游荡。这个愿望很容易实现，但我一直没有做。人在世上的愿望本来就不多，保留一个是一个。

　　随老年而来的智慧是不是对这个世界看得越来越平淡、无趣？这太可怕了。我更期待老年的执拗和好奇。

　　"知行合一"是一种理论真空状态下的人性实验，我们却总是将它拿到日常生活里去检验。

齐奥朗认为，在里尔克那些写给贵夫人的信中从未展示他衣衫褴褛的一面，"太高贵了，它们缺少愤世嫉俗，那贫穷的盐"。而波德莱尔和陀思妥耶夫斯基的乞求救助的信更容易打动人，因为它们"哀感顽艳、孤注一掷、奄奄一息的语气"。

今天读了点帕斯卡尔，他死于三十九岁；再读了菲茨杰拉德的《崩溃》，他死于四十四岁。我今年四十六岁了，比他们都老。

"你会感到，他们谈论钱，因为他们真的无法挣到钱，他们生于贫穷且永远贫穷，无论发生什么，贫穷与他们形影不离。"（齐奥朗）就是这样，在我们的朋友圈里，总有几个堕入下流、脱离常轨的人，酒鬼、疯子、穷人……我们或冷眼相看而无动于衷，或从他们的境遇中得到某种心理的满足。

比死亡更可怕的难道不是一直活着吗？活着，活在一种无法终结的绝望境况里。

她说，每当感到愤怒的时候，她就想找个人做爱。这是我听到的关于性爱的最稀奇的说法。从想象力的角度而言，性爱即诗。

二十世纪的文学失去了十九世纪那种引导信仰、指证真实的能力，无论是卡夫卡还是加缪，尼采还是福克纳，一直在呈现幻灭感。

要靠"信"而非"眼见"，因眼见的是现象，而信才能寻到真理。如经上所言，信是一切所盼望之事的实质，是尚未到来之事的确据。

布罗茨基说，他一生中阅读过的最宏大的见解之一，是在亚历山大时期的一个小诗人那里得到的，"努力在生活中模仿时间，也就是努力变得沉稳、安静，避免极端，不特别能言善道，力求简单"。

一首诗必须是一个障碍，让你的心绊一下。

诗就是我们在生活中丢弃的那一部分。

我们虽然症状不同，但确实都有病。所有症状的集合，便是我们的"贫乏"。

诗是做作的。表达即做作。所谓自然，是一种"后做作"。

诗是现代的？胡扯。

说诗是口语的，和说家具是木头做的差不多。

一部作品过时，首先是因为其语言风格过时了，人们不再那么说话了。

"我为什么是天才？""我为什么这么聪明？"说这话的时候，尼采还没疯。但说完之后他就疯了，从此一言不发。

从技艺的角度观察，诗人写诗和蜘蛛织网、织工织布差不多。柏克说，技艺乃人之本性。

想想，几千年来，人们一直热情不减地写诗，这是一个奇迹。人们写诗，还要相互评比一番优劣，这也是一个奇迹。

让诗是诗，这并不容易，就像让人是人。

一首诗被赠予，那是对你敬虔的回报，让你以人的身份言说那不可言说者。

为了让诗和现实之物分别开来，那进入诗的语言会发光。

当人们在当代性的烛光下抟塑词语的玩偶时，就是一种当代意义的拜偶像。

诗的钻石——语言在其中团结一致，消隐自我，透明，发光。

诗不表达它之外的客体，它单独创设一个自我。

写诗本质上是一种自恋，同时也是一种邀宠，它呼唤的是一种虚妄的友谊与认可。这也是为什么诗不能批评的原因——你批评他的诗，无异于否定他的友谊，敌意自然产生。所谓雅量，只不过是把这种不满装在一个更大的容器里，不至于发生爆炸。

也因此，诗歌批评如同星巴克的咖啡杯，只有大杯、超大杯、中杯，没有小杯。

通常朋友们在背后讲的那些话，就是对我们最好的批评，可惜大多都传不到我们的耳朵里。

"你的双乳好像百合花中吃草的一对小鹿。"我也想写出这样的诗句：赤裸、无邪、美好。

帕斯卡尔在《思想录》里说：真正的宗教必须教导人的伟大、可悲，必须引人尊敬自己和鄙视自己，引人爱自己并恨自己。伟大的诗也应如此，在爱与恨、怜悯与谦卑中将人引向那永恒的奇迹。

真相不可直视，不可直说，一切皆为隐喻。保罗因直视神而目盲。

太阳可能会照常升起，也可能不会；世界可能一成不变，也可能会大变样。明天会发生什么，一部分可以预知，一部分只是可能——明天你还会爱我，我还会醒来，继续今天的事情；明天太阳会照常升起，世界不会大乱，国家不会一夜崩溃，我们的命运大概率不会发生变化。世界每天都会有几万人出生，几万人死去……比起这些来，鸟粪不会落在你我的头上，但它还是落在了一个未知的、可能的地方。

"孤独……我开始画一张画，那是一只小象，在一望无垠的沙漠中奔驰……那会是我。"1966 年夏天，常玉在绘制《奔跑的小象》时，跟友人通了个电话。两个月后，他死在工作室的煤气中。他的作品成捆地出现在拍卖市场上，仅售几百法郎。这有什么不好？天才们只为抵制一个幸福的晚年。

诗非性情。最好的诗将性情消隐为零。

诗无词，无句，诗是一座大教堂，词句无非砖瓦。

诗是那只田纳西的罐子，一种秩序。

诗是那匹黑马，但从不等待驭手。

诗成之后，诗人就消失了。诗人纯属自作多情。

诗不必兴观群怨，于诗而言，这是寂寞身后事。

有物自体，因此也有诗自体。

敌基督者无法接近诗，查拉图斯特拉是一个假偶像。

我发现当诗存在的时候，我几乎不存在。

诗一点都不天真，诗未老先衰，未老先亡。

有一次我几乎抓住了一首诗的尾巴，但还是被它逃脱了。

对诗而言，语言不重要。如果有其他材料建造这座殿堂，我宁愿舍弃这些砖瓦。

当我四顾无人的时候，也许是我错了，毕竟不是所有的道路都通向罗马。

一呼百应是一种艺术极权。

诗没有讨论的余地。

诗还保留着那种古典的悲剧性：如果我错了，我也愿意错到底。这是命运。

所有那些吹嘘自己写得多么好的诗人，都是虚妄的；所有那些在虚妄中挣扎的写作者，才是真实的。

唯有那些迷途者最难知返，唯有那些失踪者最难找回。诗歌之途，白骨累累。

结伴而行，以壮声威。但三人行必有个老师，最让人厌烦。

诗不屑于人间烟火，但不食人间烟火的诗又难以存活。

为什么诗如此悖谬？因为人本身就是悖谬的，荒诞的。

诗的绝望在于试图僭取启示的力量。

只有极少的诗人在创造诗，大部分只是参与创设一种诗人生活。

诗人等级制契合了一种古典贵族精神，但当代性冲垮了这一切，使整个艺术现场看上去垃圾一片。

赫拉尔多·迪戈说，诗就是"创造我们永不会看见的东西"，如同信仰是"相信我们从没见过的东西"，这是个奇迹。没有奇迹我就不会是诗人。

我的一个朋友，将我拉黑之后说了很多坏话，但我还愿意将他视为朋友，他不过是把自己一直想说的话说出来了而已。

应该让自己彻底消失，才能证明自己的存在。现在，你正陷在一堆黏稠物中……

无论我说什么，总会有人赞同有人反对。说服的工作很荒诞。

诗是弱者的事业。我这么说，仍会有人赞同，有人反对。

诗不说正确的话。总算没人赞同了，诗因此而自由、而孤立。

写一首诗如同经历一种未知的命运，诗的不可预知性历历在目，你顶多只知道写完这一行之后下一行是什么。

写诗是一项体力活，仅仅为了进入写作状态并写下第一行，就已让人筋疲力尽。

罗伯特·本特利说，他写了十几年之后才发现自己并没有写作的天分，"但我无法放弃，因为那时我已经太有名了"。写到最后可能只是一个选择、一个习惯，无论有无天赋可能都停不下来了。

"诗不是写出来的，是活出来的"，常见的高论之一。但就常识而言，诗必定是写出来的，不写，就永远没有。

希默斯·希尼与艾略特风格相差甚远，但于他而言，艾略特"是道路、真理、光"，他明白"除非你找到他，否则你根本就没有踏入诗歌的王国"。希尼说他从艾略特的作品中体会到"音乐的音高"，"神经末梢似的震颤"，以及，"它们在耳轮中的高音"。高级。

R.S.托马斯三十岁才开始学习威尔士语，但他说

"太迟了"，因为"无法用它写诗了"。诗是用母语写成的，也就是母亲教会我们的语言。

三十七岁那年，齐奥朗决定放弃自己的母语罗马尼亚语，而改由法语写作。于是，《解体概要》成了他第一部法语著作。"三十七岁时转变语言不是一件容易的事。事实上，那是一次牺牲，但却是一次收获颇丰的牺牲。"齐奥朗说，"我建议任何一个正在经受巨大沮丧的人去征服一种外国语来重新激励自己，完全更新自己，通过词语。如果没有征服法语的动力，我可能已经自杀了。一门语言就是一片大陆，一个宇宙，每一个这样去做的人都是一个征服者"。

我们需要时间才能真正理解"需要时间"这简单的道理。

很多人的固执和愚蠢源于内心有太多"确信"，其实我们只需确信一点，那就是我们的"无知"。

找到你隐秘的对话者。通常，对话者的高度也决定了你自身的高度。

如果没有诗，我的生命会有何不同？也许会贫瘠、黯淡和简陋很多？我无法设想。

感谢上苍，我自由写作的时间早已大过我为谋食而工作的时间，竟也没有被饿死。

大诗人建造大殿堂。小诗人经营小庙宇。

大部分诗人是在中年疯掉的：荷尔德林三十七岁，尼采四十五岁，约翰·克莱尔四十四岁……少年不懂得疯，老年已不会疯。但丁说他"在人生中途，迷失于一片幽暗的森林"，哦危险的中年。

诗的低智化倾向是诗人经验与贫乏的直观表现。

关于诗的流亡，托马斯·曼说："我在哪里，德语就在哪里。"我没有这样的自信，也许更接近于沃尔科特："要么我谁也不是 / 要么我就是一个民族。"

年轻时我曾梦想在明亮的窗户下有一张安静的书桌，现在我梦想一间大房子里有一扇明亮的窗户，接下来我会梦想一座花园前有一所大房子……这就是人不能有梦想的原因。

有的诗人为全集而写作，有的诗人为一本诗集而努力。越将时间拉长，诗集的厚度越不重要。

沃尔科特说："我的创作风格一直是喜鹊式的——东挖西啄，在诗人的作品间跳来跳去，但它不是秃鹫式的。"嗯，庶几与我相似。

关于诗人之于语言的责任，艾略特在论但丁时说："传给后人自己的语言，使之比自己使用前更发达，更文雅，更精细，那是诗人作为诗人所能达到的最高成就。""某一语言的伟大作家应该是该语言的伟大仆从。"

好诗可能没那么复杂，复杂的是如何写出好诗。

写作这件事，一旦开始，就没办法结束。

无论批评还是赞誉，都没法让一个诗人满意。面对批评，他无法掩饰自己的自恋；面对赞誉，他总觉得赞的不是地方。

观念就是笼子。

"世人皆醉我独醒"是一种典型的精神病症，当我们陷入这种幻觉时，通常是我们生病的开始。

大部分长诗都消化不良，或雄心盖过了才华。

我对自己的作品通常没有好脸色。

更大可能，是诗人抛弃了读者，而非读者抛弃了诗。诗人清楚读者喜欢什么，但不屑于去迁就。

诗带来启示与困惑——既非知识，亦非思想。

勒内·夏尔说：诗歌的唯一兴趣就是经常失眠。这是关于诗的真知灼见。

玛丽·奥莉弗说，在长久的写作生涯中她悟出了两件事，第一是早起床，"在世界的工作日程开始之前去写作"；第二是去过一种简单的、令人尊敬的生活，不要被谋生羁绊，"只赚取足以养活一只小鸡的钱就够了"。这两件事都很简单，又似乎都很难。

人的一生如何的破碎、挣扎、起伏跌宕，一首诗似乎也应如是。

让青年们谦卑和让老人们纯洁一样难。

我们似乎已经过了争相发表文学宣言的时代了，这到底是意味着成熟，还是因为沉寂、世故和无趣？

青年们的诗里不再有血和泪，不再有汗水，在那黏稠得化不开的词语系统里，灵魂的重量难觅踪迹。

"大部分人私下都认为自己肚子里也有一本书，要不是没时间他们都能写出来。"（阿特伍德）这就是外行的勇气。

诗容易将人放大，让诗人谦卑下来的唯一方法是罪。"人只不过是一种天生无法消除谬误的主体，并无斯文可言。"（帕斯卡尔）

里尔克认为，托尔斯泰对艺术的认识只是其作用而非其本质，就如同说太阳是使果实成熟、使衣物变干的那个东西，"人们忘记了，最后这一种作用，每座火炉都做得到"。古人讲"兴观群怨"，亦是如此。

他的诗，大多都是对外界小敌意的轻便反弹，仿佛一只愤怒的蜻象。

没有复杂的人性，就没有真正的诗性。但不要让人性侵吞诗性，就如同不要被神性剥夺了人性。

那些轻便的、流行的、反叛的……青春期的酸涩气质，都还没有真正进入现代诗的复杂肌理。

中年的导游很重要，但丁跟随维吉尔，艾略特跟随但丁……布考斯基也许只会将你带进午夜酒吧。

文学史就是不断唤醒历代幽灵，召唤其成为同代人的过程。

只有同代人是乏味的，必须去寻找异代的知音，不仅是你读他，还要让他来读你。

"我想，假如我能住在大千世界的某个地方，远离尘嚣无人打扰的一座乡村别墅……我只要一个房间（靠山墙光线明亮的房间）就够了，这样我就可以和我的旧物、家庭肖像、书籍生活在一起了。此外我还要有一把扶手椅，几束鲜花，几条狗和一根走石子路用的粗手杖，再不需要其他什么了。除了一本用淡黄的象牙色皮面装订的、衬页上画有古老花纹的本子：我要在这本子上写作，写很多很多……"（里尔克《词与文化》）

相对于当代艺术的无边无际，当代诗还是过于守贞了。

"给我一张书桌，我就能找到祖国。"（乔治·斯坦纳）如今，我也在寻找这样一张漂移的书桌。

昆德拉认为小说不是关乎"现实"，而是关乎"存在"。诗亦然。太多诗被"现实"窒息。

我们的焦虑源于将一个统一的 LIFE 分裂成"生活"和"生命"。我们不敢凝视人性的深渊，生怕被深渊吞噬。

与其说"不学诗，无以言"，不如说"不学习，无以言"。诗歌已成为相对封闭的圈子，其开放性、交融性及对当代思想场域的智力贡献，都越来越有限。

时代已经推移了四十年，很多人还停留在八十年代，停留在自己的青春期。

最深刻的孤独是为自己制造一个映像，尼采的查拉图斯特拉，卡夫卡的 K。

伟大的诗矗立在文明的高地上，文明的洼地只会长出人性的曲木。

人们对于自己无法理解一首现代诗感到愤怒，到底是什么惹怒了他？

米兰·昆德拉说，伟大的小说总是比它们的作者聪明一些。诗歌亦然，它可以回身给诗人以教诲。

博纳富瓦说，在他初写诗歌的年月，他阅读了克尔凯郭尔和舍斯托夫，是他们帮他建立起了最初的价值观，他是在此人生地基上写作的。

诗之晦涩，部分原因来自诗人试图描述那不可描述者。

诗不是词语，但大部分时间我还是在和词语搏斗。

"涵义（意思、意义）根本不是一首诗的构成要素……诗歌只有超越涵义的界限才能存在，才能获得真正的价值。"（博纳富瓦）但人很难克服对意义的追求和依赖，面对无限性的深渊，人更依赖凝固的现实和意义。

我们不仅面临着本雅明意义上的"经验的贫乏"，更面临着博纳富瓦所言的"意义的贫困"，双重的贫困困扰着我们。

如果卡夫卡的作品最终真的被焚毁，那就完美了，对他而言。而我们始终是懦弱的，不敢做出这最后的抒情。

你从什么时候开始不爱与人争辩了？你在作品中越来越多与自己争吵，又是因为什么？

有时候你觉得每一个词都不再喜欢你，都在疏远你，这是你真正感到孤独的时刻。

现在看起来，真正的先锋倒是对某种愚蠢的坚持。

管党生、曾德旷等一帮诗人脱离常规的生活和写作方式，具有极强的腐蚀性，将那些看似华丽的生活方式腐蚀得千疮百孔。

小心那些不小心滑倒的人，等他们爬起来后可能会骂人——以掩饰自己摔倒的尴尬。

牢骚仿佛沉醉后的呕吐，如果不吐出来，会醉得更久。

放弃救赎是一切先锋的前提。

在诗歌里，性情是一个伪问题，或一个前现代问题。

干吗要到诗里来找轻松呢？这是自找尴尬。

诗是肉体之癌，如齐奥朗所言，肖邦也曾将钢琴

"提升到肺结核的状态"。

一个诗人最大的荣耀，莫过于举办一场诗歌的葬礼。

多么可怜，我们的诗歌传统里竟然没有一个真正的疯子，却有很多著名的酒鬼。

不可以自杀，自杀解决不了任何问题——既解决不了生的问题（被悬置），也解决不了死的问题（被取消）。

林中路有两条：一边是拯救，一边是疯狂，你选哪一条？大部分人都选择退回到老路上。

诗并非不可知，而是无法整全把握，诗是不断打破边界的一种存在。

——为什么写这么多文字?

——因为我几乎不与人讲话。

为何写下这些格言体? 因为我不想讲道理。

辑
二

像蜂鸣，像流水

人只能"诗意地栖居在大地上"，而不能"栖居在诗里"，大地作为诗的身体。

史蒂文斯说，"人丢弃对神的信仰之后，诗就替补了空缺，作为对生命的补偿"。这个说法太轻率了。人既无法丢弃信仰，诗也无法填补空缺，对诗的信仰是一种拜物教。

诗即做作，它出自沉湎及出神的状态，而你却在一种常态下与它相遇。

史蒂文斯给诗下过很多断语：一首诗是一颗流星，诗是非个人的，诗是一种补偿的方式，诗只会呈现给天真的人，一首诗是一座咖啡馆……皆似是，而非。

诗人是伟大的语言骗子。

我被诞生在这个世界上，却要为自己的死负责，用一生的时间将一个被动的责任变为主动。

我是在一种怎样的无知、野蛮和傲慢的情形下写下那些文字的？

我们是有多久没有提出过什么有价值的诗学问题了？

诗有时仅仅是语言意外带来的福利，和诗人无关。

诗不是语言的艺术，诗是撑破语言的艺术，诗在语言之外，但又不得不通过语言。

写作者是那种无论流浪多久都能找回家门的狗。

只有在精力充沛的时候，我才有精力陷入混沌。

仅仅我诗意的一面，就足够被生活打败。

"万物皆倾向于成为真实"（史蒂文斯），如同"修辞立其诚"，诗是朝向真理的形式。

诗从语言的肉身脱壳而出。

如果不能从其他诗人身上习得困惑与贫乏，那就如同一无所得。

有人因对诗认识太少而误解了诗，有人则是因为认识太多的缘故。

仅仅凭借心智很难追求到诗，还应加上谦卑和误解。

有的人诗里流露出太多聪明劲儿，有的人诗里有一种笨拙。我们通常会偏向笨拙的那一个，但这种偏好很难说不是另一种聪明劲儿的流露。

诗是一种偏见。如同史蒂文斯通过一个桃子认识世界，如同王阳明格门前的一丛竹子，道理在偏见中复活。

有的诗像一条直线，有的像一个线团，直接或缠绕，都是诗，都非诗。

青年的问题往往在于急于认定一个道理，老年的问题则在于在诸多道理面前拿不定主意。

史蒂文斯、弗罗斯特、艾略特、庞德、威廉斯、摩尔、杰弗斯、哈特克兰……这是一个世纪之前美国诗坛的70后和80后们，可谓大师迭出。但相比于爱尔兰，勃莱还是觉得美国诗歌太贫乏了："假如诗是一匹上了鞍辔的马，在爱尔兰，人们看到在牲口棚挂着辔，而在美国，人们必须得从杀一头牛开始，剥皮，晒干，制革，切成条……"

马查多说："人类有四件不利于航行的东西：锚、舵、桨，以及对下沉的恐惧。"如此说来，也有四类东西不利于诗：经验、感情、知识，以及对纯诗的渴望。

罗伯特·勃莱说，中年之后的史蒂文斯依然倾向于将一种随岁月而来的困境引入一种更高的也更虚妄的心智里，而拒绝对生活做出改变。他一直是一个职业经理人的形象，"死板地在一间与世隔绝的房间里睡了三四十年"。与之形成对比的是，老托尔斯泰，直到老年还试图遵从自己的内心去选择生活方式，"这么晚了他还是想望能改变他的生活道路"。虽然改变并不意味着得救（如普拉斯、塞克斯顿和贝里曼，虽然尝试改变，但还是被死神从身后扑倒），但不做改变，可能就要面临史蒂文斯那样的困境，"升向虚空，执迷于智力的芜杂"。

……他英年早逝，人们惊叹于他曾拥有的一切：名声、才华、美貌、财富……这一切都随之而去，不再留下什么。那么，我又拥有过什么？如果我也如此离去，又能留下什么？

我曾赚取过什么？抵押过什么？欠过什么债务？又免了谁的债？我写在沙上的文字，我留在水上的签名，我与太阳的合照，我对一朵花的爱意，我爱过的，也被爱的，是否都成了一笔糊涂账？如果我离开人间，是进入了一个更大的宇宙，还是重新回到大地上漫游？当小偷、坏蛋和刽子手一同到来，我是否还能拥有和生前一样的孤独?

保持某种隐逸的身份对写作也许有益,越被公众所知,越不自由。

诗人经营、扭曲、培植、改装、修饰……语言,以便从中榨取更多的诗意。

维特根斯坦说,在探究真理时不断变换一下姿势是很重要的,"这样可以避免一只脚因站立太久而僵硬"。认识诗歌也是同样道理。

人有时很可怜,需要通过不断贬低别人来喂养自己。

当你无法在同代人的作品中得到满足感时,并不意味着你做得更好,也许是更狭隘或骄傲。

把别人免费送给你的那些廉价的赞誉扔掉吧,它们就像过期食品。

小心由谦卑变异而来的傲慢。

将那仇恨的礼物腌起来，下酒。

往岁月的深井里垂下一只空桶，凭着信，等待上苍赐给的礼物。

想不否定自己很难，但在这否定里，某种肯定的东西也在滋生。

到了中年才发现，继续走下去是一件多么艰辛的事——每走一步都是下坡。

可怜自己的人最值得可怜。

厌恶一个人怎么办？始终对他微笑！

人最值得骄傲的事情是将自己的骄傲打败。

要想著作等身，得说多少废话。

诗歌要求我们多走弯路。

有些人仅仅因为高寿而被奉为大师，有些人却因为活得太久而没有成为天才。

"代表作"是一件缝缝补补的旧衣裳。

多走弯路有助于消耗漫长的人生，毕竟两点之间直线距离最短。

应该告诫青年，不要再走我们的弯路——要去走他们自己的弯路。

德里达说策兰的现实存在感是如此谨慎、谦卑和内向，以至于连他任教的学院院长都不知道策兰是谁。这真让人动容。

为了应对当前的野蛮和无人性，必须去挖掘一种策兰那样的幽灵般的"死物的语言"。

策兰只在荷尔德林的这句诗下画了线："有时这天才／走向黑暗，沉入他心的苦井中。"而我必须让接下来的这句话重新发光："但最主要的是，他的启示之星奇异地闪光。"

一首诗，在空无一人的广场上滔滔不绝。

什么是诗的主题？没有。如同问，什么是少女的主题？没有。

诗现身在一道稍纵即逝的光中，随后是普遍的、平庸的黑暗。

我们只能在诗的平庸的尸体上寻欢作乐。

诗神通常在暗夜里漫游，并在天亮之前回到它黎明的家。

这是个问题。你们不觉得这是个问题吗？难道只有我一个人疯了？

天使那麻雀般的叽叽喳喳！

人可以一头扎进诗的套索里寻短见，诗承受得住这种重量。

人们通常只能在语言里寻欢作乐，却娶不回诗的新娘。

绝对的诗是一种总集式存在。

海子，农业社会的最后一位抒情诗人，脱离了大地并在痛苦的泪水中翱翔。

我们活在有限的肉体中，仿佛只有七十年产权的房子。

漫游时代结束了。现在，他重新回到隐居地，关上门，回到安全的匿名里。

卡夫卡做得对，应该烧掉所有作品，就像焚烧掉自己的尸体。身后名如同尸身让人羞愧。

布考斯基的呕吐物被人噬秽般反复瞻仰。

诗如五色令人目盲，诗如五音令人耳聋。

一首诗的长度要小于一根雪茄。

如果四十岁时还没有幻灭，五十岁还来得及。

谁的人生果实累累？死亡的枯枝上空无一物。

从来都是诗牵着诗人的鼻子走。

将一天分为白天和黑夜就过于单调了，如果三等分会丰富很多。诗的丰富在于将时间分为无限的瞬间。

没有一种合格的悲观主义可以与我们目前的境况相匹配。

领受屈辱，接受敌意，消化它们，作为赴死的营养。

诗应回到它谦卑、贞洁、朴素的老路上，而不应跟着智士们走上骄傲、虚幻、狂妄的道路。

诗是那穷人家的女儿，美只是一件过节的衣裳。

不要在诗里弄出太大的动静，要像傍晚的风，深夜的雪，尼采说的蹑手蹑脚到来的大事件，"总会在最寂静的时刻让我们感到惊奇"，"好像夜间的贼一样"。

诗人们既可在参禅和古寺中找到前现代的蒙昧，又可找到后现代的做作。

R.S. 托马斯住在一所有四百年历史的石头房子里，仿佛隐居在海湾的小教堂，简洁、朴素、避世。他住在那里的样子如同先知耶利米。

海德格尔说，诗人的天职是还乡。在贫困而无家可归的时代，还乡意味着在"道说神圣"。

走到终点时才发现，人生可以慢一点走，至少从容一点。可惜已经来到了终点。

危险的中年，请找到你的维吉尔和贝雅特丽齐；高寿者，请准备好你的忏悔。毕竟，"不是每个人都有运气英年早逝"（齐奥朗）。

"问余何意栖碧山，笑而不答心自闲。桃花流水窅然去，别有天地非人间。"（李白《山中问答》）勃莱将其解读为 Claritas（明晰），带有一种天使般的"内在的光辉"。殊不知，这只是传统文人自嗨、自义的惯常方式而已，名之为"隐逸"更合适。

维特根斯坦认为，世界的意义必定在世界之外，因此，从逻辑学的意义上，也必须要有一个全能，只有全能才能悬置在"世界之外"。

"艺术中很难做到的是：有所言说，又等于什么都不说"（维特根斯坦），意思是，并没有一个"意思"从"诗"里单独冒出来，如同"美"并没有从哪个少女身上独立出来。

孤独的山坡上繁花盛开。

只有当你耳聋时，才能清晰地听到自己的声音。

哪有什么千秋万岁名，后世的来者不过是些身份不明的盗墓贼。

死亡是一个"世界之外"的问题吗？还是说它只是一个边界？"死不是生活里的一件事：人是没有经历过死的"（维特根斯坦），死只是死者的事情？

将写作视为祈祷，就是将心灵的重负交托出去。

一个天才的句子可以为一首诗带来荣耀，但一首伟大的诗却不能为它的句子带来任何东西。

不要在写作中预设对手，那会让你变形；也不要预设知音，那会让你矫情。

追求明晰性是自降身价，而晦涩只会带来更大的虚荣。

太迟缓了，直到中年我才学会面对非议——对另一个我的侧目而视。

当对某个大师因过于熟稔而厌弃之后，没过多久他又回来了，且充满新的教诲。"伟大导师的作品是环绕我们升起而又落下的太阳。"（维特根斯坦）

天才就是离我们最远的那个家伙。

为了让吃相显得不那么难看，他不停地贬低自己手中的那碗饭。

自信的人就是自我合理化能力超强的人。

你说了一句实话，大家都盯着你看——并非因为你勇敢，而是你让整个场面失去了幽默感。

1947 年，维特根斯坦从剑桥哲学教授任上辞职，以便"专事思考"。我们则相反，加入作家协会以便专事写作。

人大多数时候不是因为被前方的某个东西诱惑着往前走，而是被身后的某种恐惧追赶着往前走。

人啊，全部的麻烦来自会思想，全部的麻烦来自想不明白。

毫无幽默感的人很难写好诗，幽默感太强的人容易把诗写成笑话。

克尔凯郭尔总结出人生三阶段：美学阶段，在此阶段人只是一个欣赏者、享乐主义者；道德阶段，此时人被抛进现实，承担起实现自我的任务，同时也将触及人的有限性；最后是信仰阶段。我们的诗大多还处于美学阶段，并小心翼翼地触及道德阶段，至于信仰阶段，还差很远。

舍斯托夫不愧为俄罗斯白银时代的"第一小提琴手"。看看他对托尔斯泰、陀思妥耶夫斯基、契诃夫、梅列日科夫斯基、索洛古勃等人的评论吧。

在文明的洼地上收割卑贱的人性。

但丁在去世前，拿出预先准备好的刷子、席子、钉子、凿子、石灰等，趁夜深人静时，颤抖着，将《天堂》十三篇手稿封存在墙里。在他去世前五十年，圣托马斯·阿奎那也曾在去世前嘱咐人将他的《神学大全》付之一炬，因为外人以为是"黄金"，在全能面前不过是一捆"干草"。

必须不停地严格批评自己，才能保持住一点做人的尊严。

海明威给出的成为一个好作家的几条建议：一是

必须有才气，像吉卜林那样的才气；二是必须有训练，像福楼拜那样的训练；三是要内心坚定不移；四是要聪明，不计名利。"尤其是要活下来，"他说，"因为时间这么短，最难办的事情是活下来。"

布罗茨基说："在身体的各个部位中，最需要警惕的是食指，因为它渴望谴责。"

最小的手指通常不承担什么责任，它只负责美和均衡。

人们因为道路太多而迷路。我不会，我始终在旷野中。

荣誉不要来得太早，尤其是巨大的荣誉，冥冥中简直是对寿命的折损：布罗茨基四十七岁获诺奖，五十五岁死于心脏病发作；加缪四十四岁获诺奖，四十七岁死于车祸。

经常想躲到某个不知名的小镇，或安静的山区旅馆，写一些构思已久的篇章。想了很久，直至将这想法写成诗，也没有付诸行动。

布罗茨基是俄罗斯战后贫瘠的一代人，也是最书生气的一代人，"仅仅因为说海明威比福克纳好，朋友间的友谊就会终止"。我们这一代人，庶几与其相似。

流亡生涯比想象的更难，长安米贵，居大不易。即便如布罗茨基者，也曾对房东恨得咬牙切齿："十八年我生活在曼哈顿／起初房东友善，但后来坏事做绝／确切说就是一个混蛋，恨得我咬牙切齿／美金是绿色的，但流起来像血。"

流亡中的布罗茨基对自我身份的确认："我是犹太人———一个俄罗斯诗人和用英文写文章的人。"

可怜的卡瓦菲斯一边逛妓院，一边上教堂，"像一个钟摆一样"（奥登语）在基督教和异教之间摇摆，其内心的撕裂也最终成就了他带有强烈罪感的诗篇。

诗啊，快从日常的街巷离开，走得越远越好。

诗人不会仅仅因为稀少而变作天使。

人自以为聪明，自以为可以说得更多，说得漂亮。但诗不这么认为，诗嘲弄诗人的聪明。

德里达承认策兰的诗具有某种"不可破译性"，而正是这种不可破译性才会引起"无休止的阐释"，这是一种语言的复活，"新的阐释的呼吸"。

很多时候，人渴望将自己隐藏起来，不是让人找不见，而是让自己找不见。酒精、药品和睡眠，都是暂时的逃遁手段。写作则可以通过再造一个自己，让它替自己活。

因为存在实苦。

黑格尔认为，个人是与时代的局限性联系在一起的，"个人是自己人民之子，大地之子，个人不过是用自己的特殊方式来表现人民的本质和大地的本质"。
我们都有着这个时代的精神、局限和荒诞。

"我们如此自高自大，以至于愿意闻名于全世界，
甚至让我们谢世之后出生的人也知道我们；而我们如
此爱虚荣，以至于受到周围五六个人的尊重，就使我
们感到高兴和满足。"（帕斯卡尔），唉唉，说的就
是我们啊。

仿佛一开始写诗，就很难再做好其他事了，因为
一个永恒的东西占据着内心，很难再对其他全情投入。

我也在担心一件事：我担心我们的苦难配不上我
的诗。

中年人，不要轻易抛弃年轻时的狭隘和愤怒，我
们都知道，"当一个人已经开始谢顶，他确实更容易
满足于现状"。（克莱夫·詹姆斯）

克莱夫说本雅明是他个人文风的牺牲品，他有一

种将众所周知的结论扩写为冗长思辨的能力，"一个如此敏锐的大脑怎么能搅和出这么多浆糊？"

老而世故，最堪人怜。看到一些渐入老境的诗人依然精于人情世故，拿捏时势分寸，而非"老来诗篇浑漫与"，让人不忍直视。

诗人之言说，多自辩耳。

写作让你挖开了一口苦井，探到了真正的痛苦。对人生而言，痛苦的重量更大于荣誉，它押解着你的人生往前走，不至于飘起来。

叔本华说，如果我们邀请死者复活，他们会拒绝。

死亡就是"进入那种未知"，诗与死亡接壤的部分就是共同进入那种混茫的未知。

策兰的"盲诗"就是死亡的预演。

"整个一生，我都会想念帕斯卡尔。他是片段的，你知道，他是片段之人。也是瞬间之人，在片段中有更多的真实。"（齐奥朗）我倒觉得帕斯卡尔是整体之人，但由片段组成。

精英们的贫乏让人惊叹。他们的天花板太低了。人类的天花板是屋顶，上苍的天花板是星空。

满嘴知识的胡说八道。

以前写作时，习惯于邀请一位内心的读者。现在总是在内心清空之后才开始写下第一句。

有那么多零碎的知识撑腰，现在的青年们比我当年更自信。

薇依强烈的受难渴望，是一种让人沉迷的心灵享受。

勇敢的写作是赤裸裸的呈现，不为自己设置任何保护装置。

精彩的时代剧需要各种角色：英雄、小丑、悲剧主角……只是这个时代丑角多了一些。

那些自诩为天赋惊人的写作者，其天赋还是被上天悄悄收回了，以至于我们都很疑惑这种平庸到底是如何发生的。

过于黏稠的伤感会因缺乏流动性和无法稀释而板结。

策兰黑暗的生活和他的写作产生了可怕的共振，这也促进了他往塞纳河的致命一跃。

痛苦甚至会成为一种甜品，让人舐之上瘾。

杀死一首诗的方式就是将它发表出来。将其藏在文件夹里则如同粮食屯在仓里。

我的闲暇时刻还是太少了，往脑子里装的东西太多了，其实大部分填充物是无用的。

如果在中年的门槛上还看不到自身的晦暗性，就很难期待一个光明的未来了。

想想歌德的痔疮，卢梭的前列腺，肖邦的肺结核，没有痛苦的人生不值得过。

策兰太软弱了，对于那楔进肉体的痛苦的钉子，他只会用血肉紧紧将其包裹住。

眩晕、腻烦、无穷无尽的焦虑……像这样的下午，我已度过了无数个，多么的无辜！

思考不仅让我一无所得，也失去了真实的闲暇。

"艺术家，即有艺术习惯的人，他的手是抖的……"（但丁）本质在于这颤抖的手因何而抖，这种矛盾、渴望、毫无把握……

四十之前，乱交了很多朋友；四十之后，慢慢删除。

诗人就是别别扭扭的人，没有任何一个时代可以让他舒服。

韩东——风格上的禁欲主义；于坚——语言的纵欲与狂欢。

仅仅因为一种老来的天真，他们就值得我们尊重。

叶礼庭问以赛亚·伯林："你为什么活得这么幸福？"伯林回答："我之所以幸福，是因为我肤浅，我只是生活在表层上。"做一个"肤浅"的诗人应该也是幸福的——诗人，千万别撬开人性的外壳。

如果没有一个开放式的心灵结构，便容易形成一种自闭式的思想回路。

诗可以仅仅作为一座建筑而存在，结构均匀，自成一体，不为任何人而存在。

那些摇摇欲坠的诗篇有时仅仅因为其危险而魅力十足。

暴君的快感：将一个好词，安排在一个病句里。

毕肖普说她喜欢史蒂文斯，因为她在那些"奇怪的词语上享受了好时光"，仅此而已。

快三十岁时我确信自己可以写诗。如今快五十岁了，我还不能确信自己可以把诗写好。

我只能在上午起床后的两三个小时里写诗，其他时间只属于散文和混沌。

身体上的暗疾越来越多了，尤其是我这可怜的颈椎……

有人问流亡德国的阿伦特，对前希特勒时期的德国还有什么印象？"我告诉你，我不怀念它。还剩下什么？只剩下语言。"她说，"我知道通过德语我心里记下了很多德语诗歌，这些诗歌在某种程度上一直支撑着我的思想。"

理论越辩越明，诗歌越辩越暗。

我和一个朋友在对诗歌的认识上有高度的一致，却写着完全不同的诗，奇怪吗？

普鲁斯特说，当一个人的接受能力达到一定水准，他从肥皂广告中学到的东西也不会比从帕斯卡尔的《随想录》中来得少。如果我们相信了这个说法，我们会变成傻子，因为每个人都对自己的水准有谜之自信。

有些写作者仅仅因为过于勤奋而裹足不前。

艾略特的《四个四重奏》比他早期的《荒原》清晰、简单一些，他认为是因为"经验和成熟度"，"诗人还在学习运用语言的阶段时，那种暧昧晦涩是在所难免的，这个时候只有用艰深的方式来表达，不然就根本不写"。

诗歌大部分时间沉默无语，偶尔会发出尖叫。

在最高的智慧上，诗和数学都靠直觉的力量；在最基础的技艺上，诗和数学都靠精密的逻辑。

四川曾经自豪为一个"诗歌大省"，现在似乎成为"诗歌奖大省"了。诗歌时代变迁的镜像之一种。

诗没用。祈祷也没用。我离不开诗也许只是因为我病了。

里尔克这位"世界上最柔弱""有着巨大的羞怯感"的诗人（茨威格语），却勇敢地向世人袒露出最真实的情感。

丑闻就是一坨屎，即便洗净了也难消其味。

散文把该说的话都说尽。诗则什么都没说。

能用散文说清的事情，就不要写诗。

也可以这么说：散文就是一首诗的尸体。

某种情绪在内心静静融化。雪人在阳光下的样子。

流行病：那种复古的、中药方式的混沌写作。

希尼说拉金是"能让人屏心静气的极少数的诗人之一"，这种同行间的评价已经很高了。

要穷尽诗，只是进入诗的内部还不够，必须绕到诗的背后，去写一首"反诗"。

写完一首长诗之后，有一种号啕大哭之后的轻松感。

今天读到韩东的一句话，觉得好，记下来："想起那些信任你的人，总觉得你没问题，总觉得你可以，总觉得你只是暂时的差池，总觉得你即使真的错了那也没有什么。所以说信任就是祝福、祈祷，是一种加持，比一颗怜惜你的温柔之心更加难得。"

有谁会想到，这丑陋的虫子会变为美丽的蝴蝶；有谁会想到，这苦涩的果实来自那漂亮的花朵；有谁会想到，如此可爱的姑娘会嫁给一个懒汉；有谁会想到，我们本是那虫子、果实和懒汉，却误以为是蝴蝶、花朵和姑娘。

当罗伯特·洛威尔再次陷入精神崩溃后，是写作将他拽了出来。当然，也是写作将他踹进去的。

每个时代都会指认一部分诗人作为最明亮的星，其余的则隐入晦暗——就如同我们所眼见的宇宙，而正是那不可见的部分构成了宇宙的主体。

我诗里的音量还是太大了，面对上苍不需要大声。

参加公开活动让我焦虑。孤独中的每一刻都不会被浪费。

没有在深夜漫游过大地的异乡人，不足以谈人生。

陈超说过，诗的本质既非抒情，亦非经验，而是诗本身。内行之言。

艾米莉·勃朗特三十岁就去世了。她沉默寡言，从不感情外露，一直保持着一种孤独的精神状态。直到临终前的那天早上，她还照常起床，下楼，来到姐妹们中间，"一语不发，也不回自己的房间，午前，停止了呼吸"（齐奥朗）。她像一只猫一样掩藏着自己的形迹，但一部《呼啸山庄》还是让她长留世间。

"今天的性太无聊了，"福楼拜说，"在古希腊的时候，健康性态的一个伟大特征就是有时会拒绝满足和欲望。看到一个美人，而不去触碰她就是最高的美德。"对诗而言，禁欲般的"延迟快感"已是一种稀缺的美德。

但丁在颠沛流亡中完成了《神曲》，为中世纪贡献了一轮伟大的太阳，"十个沉默的世纪通过但丁说话了"。但他刚写完就去世了，并未在生前得享其荣光。他说这本书"使我瘦了很多年"，这是他得到的唯一报偿。

我们再也建不起但丁那样雄伟的大教堂了，一切都碎片化了，只能在一首首小诗里发愁了。

很多伟大的人物，其实是非常偶然地来到我们中间的。伟大如莎士比亚，"如果不是沃里克郡的乡绅控告他偷鹿，我们也许不会知道他是诗人。"（卡莱尔）

卡莱尔说莎士比亚比但丁伟大，因为他的作品所呈现的"愉快的宁静"，而且他是一个"会笑的人"，"这种笑就像深海上的阳光，我觉得很美。"

卡莱尔说，莎士比亚让英国获得了一个清晰的声音（艾默生也说莎士比亚的音调"高贵而快乐"），但丁让意大利有了优美的声调，俄罗斯虽然有那么多刺刀、大炮和轻骑兵，却一直没有一个天才的声音让全世界都听到，"直到如今都是一个伟大的无声的怪物"。

就要进入下半生了，现在应该考虑：如何让自己活得更干净、更纯粹和谦卑。这是一道难题，是我未得的智慧。每当我看不清未来时，总是习惯性地往后看，似乎身后的道路才是清晰的。事实上，身后的路也早已如红海般闭合了。而关键是，世界依然深陷在迷惘和无助里。

本雅明说："不必心急，一首伟大的诗可以忍受五百年不被阅读和理解。"我们现在通常连五个小时都忍耐不了。

在思想的监狱里会产生什么样的文学呢？接下来的岁月不可想象。

保持智识上的谦逊是一种多么难得的修为。

悲伤是一种块状物，喜悦是流水。要让自己流动起来，才能写出博纳富瓦所说的那种"像蜂鸣，像流水"的诗。

如何让博学变得轻盈而非一个沉重的负担？

当一个故事无始无终的时候，也许就是一首诗。

"别急着丢掉你的傲慢他说 / 年长些再那样做 / 太早丢掉的话 / 取代它的可能只是虚荣心"。这是约翰·贝里曼写给年轻的诗人默温的人生建言，值得记取的不仅是前半句，更因为后半句。

人被批评后，会不自觉地去寻找支持自己的理由，通常也不难找到。但这不会改变被批评的现状，而且还会让自己陷入某种自我蒙蔽中。

策兰、勒内·夏尔都非常成功地将时事化为纯诗，通过对语言的超强咀嚼能力。

尝试翻译如同去另一种语言里做客。

诗的天才和维特根斯坦所言的其他天才一样，需要具备"最清澈的明晰"，是"精神生活的完全发展"，是"全部逻辑的根本问题"。

维特根斯坦在给罗素的信中说："或许你认为对我自己的思考是浪费时间——但我怎么能在是一个人之前是一个逻辑学家！最最重要的是跟自己清算！"是啊，首先需要"是一个人"，这是最初的，也是最根本的。"当一切有意义的科学问题已被回答的时候，人生的诸问题仍然没有触及。"

老人们最恐怖的似乎是失去青年，为什么在离终点越来越近时，他们操心的不是前面的道路，而是考虑身后是否有人跟随？

说服别人是一件徒劳的事情，说服自己比说服别人更难。

相互理解是如何可能的呢？上天和每个人都签有一份私密协议。

"天才并不比其他任何正派人有更多的光——但

是他有一个能聚集光至燃点的特殊透镜。"（维特根斯坦）对诗人而言，诗便是他的特殊透镜。

有些先锋如同儿童将玩具拆毁，以便探个究竟。

世界是倾斜的，你何必强令自己站直？

人真正的才华往往从最脆弱的地方生长出来。

他因太过渴望获得平静而让自己陷入了不平静。

失眠是一架永动机。失眠是一个平流层。

人通常在理智上出错，而在疯狂中获得灵感。

如果说他在这个世上留下了一些什么，他留下了一个名字，在朋友们的电话簿里。

每隔几年，就要在通讯录中清点一遍死者。

争一时之短长，这是大部分人活下去的动力。

一个诗人是如何被诗意捕获并开始诗人生涯的？简直类似于一场神启。

人只要在他足够小的园地里，就能过好他的一生——只是不要让他的目光超过他的围墙。

书法归根结底是一种手艺，没必要从中挤出什么思想，正如没必要从做豆腐中总结什么做人的道理。

这首诗里有美妙的笑声，定有一位少女居于其中。

人如何真实地描述自我？几乎不可能。我们分外认真地做着这件荒诞的、几乎不可能的事情。

他说得很有道理。但那只是他的道理。

真理最难发现，但唯有真理没有产权。

仿佛用一堆朴实的石头建造一个院子，那些华丽的词句显得如此碍眼。

我很奇怪鲁滨逊那种活下来的强烈愿望，当世界上只有一个人时，活着的意义还存在吗？

很多人通过讲道理来让别人理解和喜欢自己的作品。道理我都懂，但还是喜欢不起来。

有些人仅仅因为饶舌而显得愚蠢，这比真正的愚蠢还难以根治。

人全部的恶加在一起，略等于一具尸体。

本质上，人只有一个，也就是"人"这个概念。亚当就是本质的"人"的概念。

"怀有美好的情感只能写出糟糕的文字，"纪德说，"没有跟恶魔的合作，就没有真正的艺术。"威廉·布莱克也说过，弥尔顿在描述神和天使时，没有描述地狱和恶魔那么自由奔放，"那是因为，他是一个诗人，他不知不觉地站在了魔鬼一边。"

快乐大多来自卑微的浅滩，黑暗的海底蕴藏着丰富的痛苦。

"平庸的心智尽管知道自己是平庸的，却理直气壮地要求平庸的权利。"（加·伊·加塞特）为什么要抛弃大众？因为大众就是诗歌上的"平庸的心智"。

为了讲道理，一不小心就把诗写成了论文。

二十年前，读一本诗集，以为读懂了；十年前再读，仍有新的收获；今天第三次重读，竟和二十年前感觉一样新鲜，仿佛从来没读过。

"写作者有责任澄清任何晦涩之处，"阿多尔诺说，这不仅是一种能力，更是一种道德，"洛克固然是陈词滥调，但并不意味着哈曼就有理由玩弄深奥。"

一首过于独立的诗，会连诗人本人也排挤出去。

德勒兹说，写作是一个"生成事件"，它是在"不断地成为"，因此它一直在进行中，毫无把握，也永无结束。

阿甘本的"潜能"代表你能做什么，"非潜能"代表你有能力不去做什么。知道自己能做什么很重要，但更重要的是要知道自己不能做什么。"只有对我们不能做或能不做什么的清晰洞察，才能给我们的行为带来一致性。"

软弱是人最舒适的姿势，像委顿在地上的泥一样。

爱伦坡曾劝告说，一首现代诗不应超过五十行。但这个现代禁忌又诱惑着一些充满雄心的写作者去努力打破它。

每一次重新开始，都怀着对旧作的不满和超越，然后结束在一种虚妄的狂喜中。

诗是用一种"没有人用过的语言"（佩索阿）在说话，人说人话，诗说诗话。

先锋里可以容纳任何呛人的味道——下等酒馆的、老烟枪的、汗臭的……但不要有白床单的洁净味道。

《艾希曼在耶路撒冷》的出版让阿伦特招致了大量批评，肖勒姆批评她没心没肺，缺少"对以色列的爱"；索尔·贝娄说她是在推销魏玛时代知识分子的愚蠢思想……只有雅斯贝斯写信安慰了她："总有一天，犹太人将会在以色列为你建造一座纪念碑，就像他们刚刚为斯宾诺莎所做的那样。"

"我这一生中从来没有爱过任何一个民族、任何一个集体——不爱德意志，不爱法兰西，不爱美利坚，不爱工人阶级，不爱这一切。我'只'爱我的朋友，我所知道、所信仰的唯一一种爱，就是爱人。"这是阿伦特在回复肖勒姆时说的一番话。

王尔德说过一句很有意味的话："我们爱尔兰人太诗意以至于不能做诗人。"汉语也是因为太诗意以至于不能用来写诗。

1958 年，托马斯·曼的次子戈洛因被同事阿多尔诺和霍克海默举报是同性恋而被迫离开大学教职。他曾获得过"席勒奖"和"毕希纳奖"，但却一生都无法超越自己的文豪父亲——那位在二十六岁就写出了《布登勃洛克一家》的天才。

托马斯·曼家族的情形，和路德维希·维特根斯坦家族有些相似。曼的六个孩子中有四个得了抑郁症，两个自杀身亡；维特根斯坦也有三个兄弟死于自杀。平庸者安享一生，天才们命运多舛。

写作即让自己进入一种神圣仪式，一种布朗肖所言的封闭、隔绝而又神圣的"文学空间"。

某一颗偶然的心灵，在某一个微雨的清晨或飘雪的黄昏，突然对你诗中的某句话产生了共鸣，这就是最理想的读者。

每一次写作都仿佛从"无"开始，都面临着无话可说的绝望等待。有人问博尔赫斯有没有头脑枯竭写不下去的时候，他说："我的头脑总是枯竭，但我装着没这回事。"

还是痛苦的滋味品尝起来更加醇厚。

罗伯特·勃莱对美国的驻校诗人制度颇有微词，认为大学的"豢养"让诗人成为了依附者，而不会再像前辈诗人惠特曼、弗罗斯特那样经受生活的挫折和重压。"他们多年生活在孤苦中，面对自己的伤痛。艾米莉·狄金森也是这样。"

天才就是忽略了很多事情的人。

文明的教养具有真正的人性化的力量吗？面对大屠杀，斯坦纳也感到困惑，"如果具有，为什么它们在黑暗来临之前失败了呢？"是啊，为什么在当前历史车轮的倒退中，我们起不到一点阻挡的作用呢？

米沃什用"崇高"来描述布罗茨基的诗，说"他的命运显示了人类思想的高迈"。我赞赏米沃什的等级观念，也赞赏布罗茨基对人类卑下情感的抛弃，敢于"站在高处审视生活"（普希金评密茨凯维奇语）。

布罗茨基说，是"十诫"和"七宗罪"构成了西方文明的基础。我们文明的基础则是"仁者爱人""致良知"。

无需交谈，人们从各自的作品里就区分了谁是朋友，谁是路人。

切记在痛苦的重压面前不要丧失幽默感。

"废话"无异于一种自嘲。但自嘲没有力量。

大树底下的生态通常很复杂，但大树只顾往上长，不会向下观望。

写作的现实功用：写作填满了我的孤独。

诗不是语言自动带来的东西，它是借由语言所呈现的一种带有灵晕的非客观的客观存在。

维特根斯坦说："一个男人的梦想几乎是从来不会实现的。"事实上，任何一个人的梦想如果全部都实现，天就会塌下来。

我们往往把很多精力用来取悦不喜欢自己的人，而忽略了真正喜欢自己的人。

维特根斯坦和希特勒是同学，你信吗？维特根斯坦高考没考上，你信吗？

同行间的嫉妒通常没什么内容，很干瘪很贫乏。

——《巴黎评论》："你有过不工作的时候吗？"
——翁贝·托艾柯："没有，没有不工作的时候。噢，对，有，我做手术的那两天。"

艾柯四十八岁时才出版了自己第一部小说《玫瑰的名字》，他年轻时主要是个符号学家，也写诗，"十五六岁时写诗是种自慰，但到晚年，优秀的诗人会焚毁他们早期的诗作，拙劣的诗人则把它们出版。"

——《巴黎评论》："有人说他们读不懂你的作品，就是读了两三遍也是不懂，对此你有什么建议？"

——福克纳："读第四遍。"

——《巴黎评论》："所以你从不觉得需要跟别人讨论你的写作？"

——福克纳："没必要。我忙着写作，很忙。"

不知有多少作家希望毁了自己已出版的著作，然后重新再写一遍。如果来不及重写，那就先毁了再说。

陀思妥耶夫斯基是一个夜晚写作者，他只在夜里写作，黑夜给了他一个孤独的帷幕，让他可以自由创造。"活着而没有希望是悲哀的。向前看，未来使我感到可怕。我似乎在没有一丝阳光的寒冷极地的氛围中奔跑。"

我从未尝试过在夜里写诗。君特·格拉斯说他"需要日光才能写作",我是担心在夜里写作会招来鬼魂。

杨黎总让我想起魏尔伦。他还缺少一个兰波。

施莱格尔兄弟认为诗歌是一种思想,因为它能够无限反思自身。也即诗是在对自身的反思中进入思想领域的。

朗西埃则认为:"只有思想不思考自身并与自身分离时,艺术才存在。"也即,诗歌的存在依靠双重的混沌:语言的混沌——以防被意义穿越;以及看不清自身的精神的混沌——将认识自身的方式引渡到另一种象征物上。如果诗歌抛弃自身的混沌而去追求一种纯粹的思想性,诗歌便不再是诗歌,"同时也没有因此而成为哲学"。

经典是一种不断革新的历史 / 经验。

诗人可以抱有伟大的雄心,但在每一首具体的诗歌写作中，则需秉持一种谦卑而质朴的精神。

我们依然热爱着杜甫，也许只是一厢情愿。如果他突然复活，不知道对我们现在的写作持何看法。

1898 年 6 月，马拉美在去世前三个月收到了兰波的诗集，"这是一部无与伦比的书"，他说，"是从太空坠落的陨石！"大师在其落幕前的一瞬，将一个天才指认出来……

多么令人惋惜，我们中间最杰出的心智，往往不是毁于强权，而是毁于骄傲。

因为对独裁政权的沉默与合作，博尔赫斯一直备受争议。这是一个永恒的道德困境：人们既不希望失去纪德的那些日记，也不希望他对德占区的法国沉默不语；既不希望失去黑塞的那些梦幻般的小说，也不希望他对纳粹不置一词。对待博尔赫斯也是如此：人们不希望他的双目能看清天堂图书馆的每个字，却对现实苦难完全目盲。

每个人都有自己不愿回首的青年岁月，齐奥朗、君特·格拉斯、米兰·昆德拉……都曾被人非议。有些人用后半生来忏悔、修正自己，有些人则用后半生来拼命证明自己没有错。"我心中已经听到来自远方的呼唤，再不需要回过头去关心身后的种种是非与议论。"昆德拉给自己打气说，"我已无暇顾及过去，我要向前走。"

又一个诗友突然逝去。不可思议。每一次久别重逢似乎都是一次永恒的告别。

有些大师所制造的阴影是永恒的，其不朽的著作打击并勾引着我们的雄心。纪德说他重读老陀的《群魔》，"钦佩得难以承受"，读完最后几页后，"一整天写不出任何东西"，于是"去于特斯家抽了一根雪茄"。海明威也说："跟老陀较量，谁也超不过三个回合。"

"千万不要笃信自己大写的思想，而要尽可能写得真实、坦率、客观和朴素。"（海明威）这个基于经验和谦卑的告诫永不会过时。

诚实是写作的最后一道保险，即便别人都认为你的写作失败了，你至少还能过自己这道关。

在孤寂中触及永恒，在喧嚣中展示漂泊的羽毛。

里尔克《给青年诗人的十封信》仿佛大师将平生功力倾囊相授。我很好奇，那个收信的青年最后成为诗人了吗？

你现在缺的不是努力，而是耐心。

我不希望读者理解我。我希望读者通过我的诗理解他们自己，而不是我。

诗人啊，你真理在握的样子真好笑，你低语、徘徊、迷茫、叹息……时最动人。记得舍斯托夫这句话："寻找真理这件事，只能由那些无家可归的冒险家和天生的游牧民来承担。"

　　1942年，二十九岁的青年加缪发表了成名作《局外人》，"今天，妈妈死了。可能是昨天，我不清楚"。这个冷漠的开头让人印象深刻。1947年,《鼠疫》出版,三十四岁的加缪首获诺奖提名。十年后，四十四岁的加缪获得诺奖，同获提名的包括马尔罗、贝克特、萨特等。《纽约时报》评论他"是屈指可数的具有健全和朴素的人道主义外表的文学声音"。但他并不满足，因为他知道托尔斯泰在三十五到四十岁之间干了什么——他写出了伟大的《战争与和平》。加缪用奖金在乡下买了所房子，准备大干一场。然而三年后，他却因车祸离世,四十七岁,也就是我现在的年龄。荒谬。

　　我曾在梦中写诗，如同冒着小雨去楼下收取邮件，那种清凉，像童年的雪飘进脖颈。而如今，我的诗已无法应对生活的无序。诗是那么安静，而生活一片混乱。从生活的角度看，诗是如此可笑，当然，从诗的角度观察，生活又何其荒唐！现实是，现实是诗的刽子手，用它粗糙的大手和直射的目光。而诗属于夜晚、梦境、花影和河流，属于美好的身体，少女的梦。

三十年来不间断读尼采，年轻时以为他是敌基督者，现在才觉得他是爱基督的。"（尼采的）基本思想穿越了拥护者和反对者的人潮，却一尘不染。"（海德格尔）信哉斯言。

王阳明讲"知行合一"，维特根斯坦说"言词即行为"，同途而殊归。

大师是那个孤独到极点的人，门可罗雀，没有一个门徒。

在人的内心深处，有一个复杂的机械装置，用来搅碎自己的心灵。

众树婆娑，却无心灵，这世界如此沉默。

世间交游，殊甚可笑，不如去善待一只猫。

人与天人之间，隔着一个无知之幕。

但丁和莎士比亚都是上天拣选的灵魂歌手。

"……他们以向我投掷石块为乐。"策兰在给夏尔的信中说。当他逃向黑暗的言词时，那里没有救赎，黑暗如同塞纳河。

伤害的极乐是为自己找到更多的敌人。

老大师在他的青年时代已写得清晰可辨，越到老年越浑浊晦暗，他已不屑于透明。

维特根斯坦的哲学则是从一种原始的混沌开始的，并最终呈现出一种伟大的清晰性。

早晚你会感激这些灾难，当你从中汲取足够的养分。

人们宁愿将内衣拿出来晾晒，也不愿暴露自己的内心。

原谅他，但要原谅得得体，否则会激怒他。如何才能得体？仿佛错的是我而不是他。

无需思考的一生，像一只兴高采烈的公鸡。

去乡下种一块菜地的诱惑来自你可以轻易实现却永不会实现它。

那些并非随智慧而来的疯狂和放肆让人尴尬。

新雪般的语言，我的梦想。

用文字处心积虑地去感动别人，无异于说相声。

克尔凯郭尔很早就明白自己不适合做丈夫，并身体力行之；卡夫卡是另一个拒绝成为丈夫的男人。

能够在中年时死一次再让自己活过来，是莫大的幸运。

真实并非翻开自己的底裤给人看，那会吓着世人。真实往往穿着合体的衣服。

满足是一种精神上的自我封闭。

对理念的过分热爱导致味觉的丧失。

回味往日之痛苦，如用舌尖品尝口腔内的一颗断牙。

一个年轻人的死会被更多同代人纪念，一位老者的死会让更多后辈祭奠。此外，并无区别。

加缪讲的一则小故事："门上写着：'请进，我上吊了。'人进去一看，果然如此。"

我相信我是一个好逸恶劳的人，但我仍在不停工作。

爱伦坡认为快乐的四大要件：户外生活、有人爱、放开一切野心、创造。这太贪心了，也许满足一件就能让人快乐。但我拥有一切，为何还不快乐？

人生实苦。如果你还想找到解除痛苦的办法，你会更苦。

辑
三

思想停止于真理在握的时刻

诗就是脱离烟火气。

春天，十个海子在天上窃笑，笑我们对他的纪念如此无聊。

致友人也写得如此晦涩，友人看得懂吗？看看李白如何致汪伦的。

古人的天光很漫长，虽然活得没现在年岁长，但人生并不短。

很多诗似乎都可以冠上同一个题目：《记一件小事》。

人间最美好的事，莫过于毫无功利地读一本美好的书。

想起在那陌生的城市有一位温柔的朋友，那城市的名字便也温柔起来。

老是感叹今不如昔是一个人变老的标志之一。

六十分的作品最容易被读者接受。

熟人的半径太短，简直避之不及。

希望我讨厌的人也同样讨厌我，这样大家就公平了。

不寄望于后来者，也不随前人落颓唐。

人的内心和内衣里隐藏着几乎相同的东西。

布罗茨基获得诺奖的三个理由：拥抱一切的能力、思考的清晰度和技艺的张力。这也是现代诗的充分必要条件。

一个朋友，习书经年，技艺精湛，天命之年，遽然而逝，一身技艺，化整为零。

写作的两个条件——玛丽·奥利弗说："离开朋友，离开研讨班，离开一切人。"在孤独中完成自己。威廉·布莱克说："我在来自天堂的启示者的指引下夜以继日。"勤奋和孤独。

写的时候，没意识到已进入某种谵妄；清醒时再读，大部分可删。

启蒙的傲慢，精英的病症。

为了说出一切，诗几乎什么也没说。

托尔斯泰、老陀、克尔凯郭尔、薇依……这些人都和教会充满了冲突，无法让自己做一个循规蹈矩的门徒。

一朋友老木猝逝，让人感伤。也许是多年的流亡生涯伤害了他。适度的匮乏是好的，但不要让自己堕入绝境。最好如布罗茨基所说的"可使你活得像个人的状况"，或老陀那种"把六千卢布当作一笔巨款的作家"，不至于损害和扭曲自己，又恰好"岌岌可危到足以带着相当的敏锐观察下层发生的事情"。梅尔维尔、巴尔扎克、哈代、卡夫卡、乔伊斯、福克纳都是如此，因此，六千卢布"可确保有伟大的文学"。

伟大的著作会邀请你一起进入伟大，因此通常无法给你带来即时、轻松的享乐。

诗逃避思想，而不俯就思想。

真理很浅显，假象很晦涩。

我发现自己在清醒的情况下无法写诗，在混沌的情况下也无法写诗，只有沉浸在混沌的清醒中，诗才会来。

如今，诗评似乎不是作为一种智性的存在，而是一种乡愿式的利益权衡。

总是在有话想说时我才去写诗，而诗却是无话可说。诗拒绝做诗人的嘴巴，这是问题所在。

"在不同的语言里，雪是否都以相似的方式飘落呢？"（博纳富瓦）一位荷兰语译者告诉我，她的语言里没有"（树叶）飘落"这个词，要么飘，要么落。同一片落叶，在不同的语言里却有不同的姿态。

吕克·南希认为，诗就是在一种献祭的逻辑下，通过对身体的、事物的、词语的消耗与牺牲，来召唤一种意义的到来。"那种意义会在其纯粹不可言喻的呈现中，在其纯粹的不可命名中，得到概括。"

黄金在天上舞蹈，命令我最好还是把嘴巴闭上。

迂腐与天真的区别在于，迂腐里有太多填充物。

很多诗来自死亡的邀请。

当天才在他的领地里成为国王，他便拥有了无上的权力，可以制定法律，颁布秩序……直到另一个新王将其颠覆。

城邦里没有诗人的位置，我同意。诗人们不该等着被驱逐，应主动离开，到旷野里去流浪。

诗因其永恒性而始终受到各种新事物的威胁，曾经的城邦政治、哲学、神学、科学……如今面临的威胁更多、更短暂，诗人们的任务是延续其永恒性。

阿伦特说克尔凯郭尔"用他的一生偿还了浪漫主义由于无责任的放纵堆积起来的债务"。诗歌容易带来一种"无责任的放纵生活"，但最终还是要偿还的。

我胜利了吗？如果还没有彻底将自己打败，我就不会是一个胜利者。

为了避免让言说变得空洞化，应该尽量空洞地言说。

作为一个密集恐惧症患者，一读到"密密麻麻"

便令我生理性不适。词语的力量。

"我是无名之辈！你是谁？"格吕克在她的获奖演说中引用了狄金森这句诗，以表明诗这种"亲密的言词"只应在无名中抵达那有限的、私密的读者——他们总是"以某种深刻的方式，单独地到来，一个接一个地出现"。

很多动物比人聪明，可以通过降低体温以度过寒冬。

诗的神圣性让它有能力承受各种异端邪说。

帕慕克说他扔掉的书籍"都是那些年龄在五六十岁之间的愚笨、平庸、小有成就、秃顶、江河日下的男性作家的作品"。话虽刻薄，确有道理。一个诗人如果在中年时不能更新自己，中年之后大多会堕入昏聩和平庸。

最近，我英美文学课上的一位女同学去世了，大家在群里纷纷缅怀她,她的音容笑貌,她在班上的最后一次发言,她独立的晚年生活⋯⋯她享年一百零二岁又两个月。

当人们说到真诚时,人们通常是虚伪的。

隐喻让世界彼此揭示、团结在一起。

有效的阅读就是接受那种劈头盖脸的再教育。

在"我和我"的关系中,诗是一个拒绝的手势;在"我和你"的关系中,诗才邀来一个读者。

人们欣赏某个作品,是因为他觉得彼可取而代也,除此之外,便没有他真正欣赏的作品了。

有时候,友谊或敌意的作用更大于对一部作品的真正理解。

真是沮丧啊,我的诗哭丧着脸回来,为我带回新的敌人。

每一首诗都是自己的孩子，哪怕是一首坏诗，也是自己的丑孩子，也不愿意它在外面受欺负。那些所谓的雅量，就是不通人性。

同行之间是暗中的情敌。

似乎认识汉字的人都可以来评价你的诗，这让人沮丧。

一旦拥有了读者／观众，人就很难避免表演的冲动。

鉴于诗、真理的不可及性，真理在握便是偏见、狭隘的开始。

诗不是语言、事件、道理、节奏、韵律……甚至不是这首诗本身，但它最终还是委身于此，诗也是一个"道成肉身"的事件。

诗歌的圈子 / 群体一旦形成，就难免会分享一种群体性思考，个体的思考将被压制。

先锋的孤独是一种先知式的孤独。很多人自以为是地走了很久，依然没有离开人群。

史蒂芬·平克认为写作之难就在于"把网状的思考用树状结构体现于线性展开的语句里"。他说的也许是散文，因为诗正是为打破这一规则而存在。

不喜欢突然而至的惊喜，喜欢厄运坐实后的安稳。

诗人将另一个自己安置在一首诗里，暂时摆脱了自我的纠缠，这短暂而轻松的时刻……

1840 年，一位王公贵族来到巴黎天文台，台长阿拉戈将望远镜对准天空中最美的一颗星，对那位王公说："这就是天狼星，大人。"那位王公带着微笑看了一会儿，低声对台长说："我们私下说实话，台长先生，您能肯定这颗星就是天狼星吗？"这是马拉美讲的一则小故事。有些东西拉得越近，越看不清楚，包括诗。

他一直在谋划写一部伟大的著作，但因为对何为伟大没有把握，所以一直没有动手。

一个羞怯的诗人会这样祈求：让我的读者再少些吧！

"杰出的诗人们很久以来就瓜分了诗的领地中最繁花似锦的地盘，"波德莱尔在《恶之花》序言中说，"我将要做的是另外的事情……"

诗歌和生活，古老的敌意。"现在，你不妨来选择一下，"舍斯托夫说，"看看哪一种懊悔更合你的口味。"

施莱格尔说，人们称之为艺术哲学的东西，通常缺乏二者之一：不是缺少哲学，就是缺少艺术。我们的诗歌批评也大抵如是。

在一种普遍平庸的基础上，好与不好的批评只是求其友声罢了。

读加缪的时候常想起朱文，读弗罗斯特的时候常想起德安，读歌德的时候常想起于坚，诸如此类，远方的大师需要一个就近的映象。

在某种教义的庇护下写作，会因教义的失效而枯竭。

如果讨厌一个人，即便他说得有道理，你也会寻找各种理由去反对他。

在一个诗句中隐藏太多的诠释密码，是一种虚荣。

大师，请问您贵姓啊？

语言在他的手里像一头疯牛——在犁一块后现代的田。

我的每个词都是抄来的。我还没自造过一个生词。

"英国之所以继续有好诗，是因为公众不读诗，对它没有影响。"（王尔德）公众关注我们的方式有两种，一种是爱，一种是唾弃。

他认为他的自我批评已经足够了，所以就更容不得别人的批评。

"只有文体大师曾经成功地做到晦涩。"（王尔德）

看透一切的时刻，是愚蠢的开始。

往往我们为自己竭力维护的东西，在别人眼中早已一钱不值。

人设崩塌一点，离自由就更近一点。

诗大概是唯一可以用一只翅膀飞行的动物。

质朴提供思想，华丽提供风格。

很多诗论无非是自说自话，如尼采所说的"挖出来的仅仅是他们自己埋进去的东西"。

赞扬强者是我们的势利，赞扬弱者是我们的自大，赞扬自己是我们的本心。

他是盐，她是糖，他们在一起过了一生。

写得多的人有权利说少即是多；走得远的人有权利说远即是近，成功的人有权利说失败乃成功之母。

人们总想以更多的知识来掩饰无知，掩饰得越多，显露得越多。

一首诗写完，一座建筑的结构、风格、大致模样基本就定了，接下来的装修工作虽必不可少，但也只是修修补补。

他一直像个孩子一样执着地扮演着大师的角色。

最安全的批判是将枪口对准自己。

知识的傲慢是导致无知的第二步。第一步是傲慢的无知。

那伟大的大师身处人群里，像一个黑洞存在于宇宙间。

老而破落，最堪人怜。

艾略特说他希望自己在死前能写出一部像贝多芬A小调四重奏那样的作品来，"有一种天堂般的、至少比人类更高明的欢乐"。而他最终写出了自己的《四个四重奏》。贝多芬一生写了九部交响乐，而我们不是写得太少，就是太多。

谁不是一边崩溃着，一边骄傲着，写作。

波德莱尔想成为一个大诗人，"但既不是拉马丁，也不是雨果，也不是缪塞"，然后他遇到了自己的爱伦坡，并在他身上发现了一个新的精神世界。

当代汉语诗歌的成就并没有像有些人吹嘘的那么高，也没有超过当代小说的成就。认识到这一点很难吗？

于诗而言，口语并非一种高级的语言。承认这一点很难吗？

好和坏不是评价诗的标准，只是一种个人口味。

纯诗的诱惑会让人失去枝繁叶茂的细节。

我们不满意这个不满意那个，很大程度上是因为过于满意自我。

我们对先锋的理解一直囿于方法论，事实上先锋更应该关涉价值观。

五十而不腐朽者，已不多见。

一种畸形生态：爱诗坛更甚于爱诗。人们离不开那个圈，因为那是价值感的来源。

有时候晦涩只为抵制一种过于直接的凝视。

只在书斋中写作，终会枯竭，但写作只会发生在书斋中，而不是热闹非凡的场所。

在质朴面前，个性像个小丑。

质朴的东西既不迷人也无法模仿，它在岁月里自然生成。

震耳欲聋的陈词滥调。

人们对个人风格的迷恋是多么顽固啊，就连变换个新发型都很难。

不要对自己的写作有太多自信，尤其是那种理论自信。

别向读者撒娇。撒娇者通常需要一个母亲。

诗带领我们越狱，像个惯犯。

如果读不懂天上的书，也就无法读懂地上的书。

用历代的大师和不同语种的文化建立一个诗学坐标系，在这上面织自己的网。

我们的写作，一言以蔽之：贫乏。

2020 年，我用了整整一年时间，将一件难忘的事忘记。

"那是一个文学的农忙期，蜡烛，掌声，热情洋溢的脸庞；一代人围成的圈圈，中间是祭坛——一张摆了一杯水的朗诵者的小桌，就像滚烫的玻璃灯罩下夏日的昆虫，整整一代人都在文学节日的火焰中被烫伤，烧焦了，带着隐喻的玫瑰花瓣。来到这里的人，是愿意负担一代人的命运直至死亡的人。"曼德尔施塔姆说俄罗斯的白银时代。

叶芝曾说，一个诗人"从来不是那个坐下来吃早饭的、零散事件的集合体，诗人在思想里重生，是有目的的、整全的"。想想我们周围的鸡零狗碎，简直像未入门的伙计。

——玛丽斯坦："你是否为你受到敌人的广泛批评而流泪？"

——波拉尼奥："有许多许多次。每次我读到有人说我坏话，我就开始哭，我在地板上爬，我抓自己，我无限期停止写作，我失去食欲，我不怎么抽烟，我去运动，我去海边散步，那里离我家不到三十米，我问海鸥，它的祖先吃鱼而鱼吃尤利西斯：为什么是我？为什么？我又没有伤害你。"

"我痛恨你们所有人！"伯恩哈德对他的读者说。

"一个人应该耐心等待，应该在整个的一生中积累各种感受和欢愉；而且如果活得够长的话，那么，在生命最后的岁月里，他也许能写出十行好诗。"因此，里尔克说，至关重要的是活着，虽然目的是为了死。

我认真想了想，还是觉得：我的猫在哪里，哪里才是家园。

纪德说缠绕他终生的疑问是："我可爱吗？"这个问题不能问自己，要问天。

人最好在临死前把所有想说的话都吐尽，然后一无所挂地离去，像一颗成熟的种子落地。

"诗歌，女士们，先生们：一种无限之言语，徒劳的且唯一虚无之言语。"（策兰）在无限与虚无之间，我们尚有机会短暂地回到自身的有限性中，给自己一个拥抱，然后进入最后的死亡。布朗肖甚至更极端，"我们唯有取消意义本身，"他说，"以及词语中的所指，乃至能指，方可达到尽头。"

巴迪欧说，福柯的死亡令他万分痛苦。"此刻，我想起了第欧根尼·拉尔修对亚里士多德说的那句话：哦，我的朋友们，我没有朋友了。"这才是同行间的友谊，这才是惺惺相惜。

策兰的语言，黑暗得几乎取消了表意功能，它也因此而无法被阅读消解掉——它始终谜一般存在，一个坚硬的语言肿块。

大师可以通过不断地学习和摸索，并在晚年高寿时臻至高峰；而天才必须一步到位，因为他没有那么多时间。瓦雷里比较了雨果和波德莱尔后说，雨果可以通过实践来学习，而生命比雨果少一半的波德莱尔则不同，"他只有二十年左右的时间来达到自己的完美，来认识个人的领域，来确定一种将使他的名字流传后世的独特的形式和态度。他没有时间，……他必须抄最近的路，少进行摸索"。

"人是精神，人之作为人的状况乃是一种精神状况。"（雅斯贝斯）大师的言简意赅。

歌德说："所有无关紧要的事物终将消散，只有海洋与大地于此长留。"大地被赐予人类，作为生存的永恒家园，人们"在它坚实的根基上负载了篱笆、围场、界碑、高墙、房屋等建筑。在这里，人类共同生活的规则和场域得以彰显"，同时，关于人类权力和争端的"大地法"也于此产生。卡尔·施密特说："大地承诺了和平，只有新的大地法思想可以实现和平。"

除了大地，人还需要星空，没有星空的指引，人会堕入大地深渊的无限虚无中。如韦伯所言，人是悬在由他自己所编织的意义之网中的动物。

海德格尔证明"先验哲学仍然活着"："我参加了 10 月 30 日的战斗，24 军的炮弹和爆炸声，把我的耳朵几乎都震聋了。尽管如此……我仍然认为，康德的第三对二律背反，比整个世界大战都重要。"（萨弗兰斯基《来自德国的大师》）

"像希特勒这样一个没有教养的人怎么能够治理德国？"在最后一次拜访中，雅斯贝斯问两眼发直的海德格尔。海德格尔的回答是："教养是无所谓的,……
您只需仔细看看他那双神奇的手！"（雅斯贝斯《哲
学传记》）

为什么要追蝴蝶？为什么不努力变成蝴蝶？

把这些矫情、虚无、自怨自艾的诗人交给生活吧,
现实生活会给他们最好的教育。

"不要一动不动地待在荒芜的聪明的高峰,而是
要下到绿色的愚蠢的山谷。我的才能之一就是我始终
有这样的才能。"（维特根斯坦）

我们貌似有一片良田,有丰厚的底蕴,但为什么
越到现代就越贫瘠？犹太人似乎正相反,维特根斯坦
说,那里本是一片贫瘠的土地,并非真的流着蜜与奶
的应许之地,"但在它单薄的石层下面,流淌着精神
和智慧融化的岩浆"。

持续一生的写作,也许只为建造一所孤独的房子,

等到老年时，让自己住进去。

艾柯在《悠游小说林》中八卦道："大仲马的小说稿酬当时是按行计算、分册出版的，所以他有时会略动手脚，增加行数，以便多些银子进腰包。"阿尔弗雷德·卡津曾提过，托马斯·曼借了一本卡夫卡的小说给爱因斯坦读，爱因斯坦奉还时说："我读不下去，人脑没有那么复杂。"

歌德在《浮士德》中提到的"永恒女性"（Eternal Feminine）的著名形象使得女性从忏悔的妓女转变而为天使般的处女，她们成为神圣的天父和他凡间的儿子们之间的中介。（桑德拉·吉尔伯特，苏珊·古芭《阁楼上的疯女人》）

我多么希望自己是一个靶子，竖在你前行的道路上。但我们毕竟是两支自由飞行的箭矢。我们飞过大地的屋顶，飞过尖叫的树梢，飞过被痛苦的心灵围困的夜。在飞行的中途，我们最后一次拥抱——这毁灭的快感，这共同的坠落，这重生的渴望。

诗是对人类精神和智力活动的伟大礼赞。

人类自身的幽暗性更甚于他者的陌异性。

任何美好的东西都蕴含着一丝色情，如同任何甜蜜的东西都有一点咸。

试图将一种偏执的自我意识高价出售给臆想中的买主，是一种知识的撒娇。

如何从一个小我里挖掘出更为深刻的心灵？任何小我都有一个深不可测的矿洞。

平静就是终于能够心平气和地和自己谈谈心了。

写作一天之后，下楼来到小巷口，寻一些可口的当地小吃。抬眼看，小巷的尽头，青黛山峰的头上顶着耀眼的积雪。

每年等待的降雪，几乎都是童年的那场雪，它堆积在记忆深处，从未融化过。

有鉴于人性的无限幽暗性，"诚实"事实上是一个伪命题。维特根斯坦所谓"没有比不说谎更难"。

一个动词拿着刀子，要求我为它找到一个合适的副词。

写作是一个慢慢进入黑暗隧道的过程，如同城铁从地面渐渐驶入地下。

"天才就是勤奋"，它成立的逻辑基础在于"勤奋就是天才"。

每次乘车路过那个曾经工作和生活过的大厦，你都会仔细辨认，到底是哪一面窗子，曾经埋葬过，也创设过精彩的人生戏剧。

人间的爱是一种主动行为，爱的幸福超过被爱。

她的吻像一捧雪落在脖颈上。

我渴望将自己的生命终结在一个梦里，而不是目光中。

绝对的迷醉般的投入。心无旁骛的耐心。剪除一切虚荣的羽毛。

一个谦卑的作者应该尽量避免饶舌，聪明的读者厌倦作者替他把话说完。

睡觉本是一个人的事，婚姻却把两个人放到一张床上。

在他的反道德书写中，有着一个隐在的、更加媚俗的道德主义主线。

大师的晚年出了问题。每个人都看出了问题所在，只有他自己还在洋洋得意，而洋洋得意是一种多么轻佻的情绪——大家静默地看着洋洋得意的大师，仿佛在提前为他送葬。

如果你讲了一个笑话之后却没有得到笑声，说明你离可笑已经很近了。

你以为你快意的人生还会持续很久，但转眼之间你的儿子都已经长大了，你也在无可挽回地逐渐老去。这就是时间的冷酷性给"你以为"带来的教训。

现在，对他批评最多的人就是他自己了。他知道，他还缺少一个劝解的人。

易怒是一种软弱的性格。

他那么自爱，以至于让别人的爱难以插手。

在父亲身上，克服自身的问题。

意识到生活在这群人之间并不会使我感到羞愧或沮丧，毕竟他们是活着的，而我已死去。

他总是在每件事情上都要显示自己比别人高明，这是他最蠢的地方。

往往因为关系太过紧密，让人无法将真实的想法坦诚相告，毕竟这份友谊大过了真相。

那些真实的敌意值得尊重，至少没有让你浪费感情。

有些人遍寻不得，有些人避之不及。人生不如意事十有六七。

巴迪欧晚年著《论少女》，是大师一生中少有的败笔。

写作不停地带自己潜回童年。写作者通常有多条命。

作恶多端者，会在一副笑脸中不由流露出心底的恶来。

有人竟因错得离谱而被指认为先锋。

他头脑中那不可思议的观念……你摇摇头，什么也没说，和一位旧友继续喝酒，希望酒依然如故。

中年之后，如果还有寻求让他人理解的愿望，就太不可思议了。好不容易得来的孤立，应倍加珍惜。

那些被忘记的人和事，那些连词语也无法打捞的人和事，便真的不存在了。

母亲的地理空间如此窄小，母亲的想象空间却如此阔大。母亲是个文盲。

对那些备受良心折磨的罪犯而言，取消死刑是比死刑更严酷的惩罚。

他故意露出点破绽，以便让人们看到他的真诚。

记忆，由一根发丝牵出一头牛来。

大部分久别重逢都会让人大失所望，但人们依然对"久别重逢"这个词心怀美意。

英年早逝的天才拒绝了一个平庸的老年。

如果穷人的词典里没有"穷"这个字就好了。

即便是轻飘飘的赞美也能为他带来短暂的快乐。人啊这头贱驴。

将一个不成熟的想法记下来，为了让它不再发育。

如此真诚地吹嘘自己，难道不是一种情感结构的缺陷？

有些道理需要原地转上一圈才会成立。

他战斗的一生也是被敌意喂养的一生。

拿着自己的著作，如同抚摸少女的肌肤，但最好不要打开它。

喜欢一个人，首先是从她的名字开始的。

只要还有工作的热情，死亡就不会到来。死是一件猝不及防的事情。

这迅捷的时代，已容不下一封长信的深情。

两个富人相加等于一，两个穷人相加等于二。财富没有数量，贫穷一清二楚。

一个有志于做诗人的导演，和一个有志于做导演的诗人，总是话不投机。

名声回赠给你的往往是敌意。

人是因为有明天才忍受得了今天的。

做一个成功的失败者是多么难。

为了不让自己骄傲，我很少读同代人的作品——但这也太骄傲了吧。

在谦卑的心绪里待久了，竟渐渐滋生出一种骄傲来。

我们高看了很多人，却低估了自己。但也许正是这种低估，让我们最终受益。

你真不该认识这么多人，也不该让这么多人认识你，一切问题都出在林子大了。

母亲的朋友圈：七大姑八大姨。

如果世上只有夏娃，我会不会为她写诗？

多个敌人多条路，朋友多了路好走。

如果能成功地做一个失败者，就不会再有失败了。

渴望理解是一种卑劣的情感。

他一生的努力就是做一个大师，这让他失去了很多做人的乐趣。

人在镜子前的表现通常是一出滑稽剧。

人因为最了解自己，所以也最容易欺骗自己。

他上扬的嘴角带着一丝邪恶的快意，那是别人的痛苦为他带来的短暂快乐。

他的痛苦在于，他的快乐必须建立在别人的痛苦之上，除此之外，他无法快乐。

无论我说什么，他都表示反对，我们还有讨论的必要吗？

打开一本书，往往是为了打开自我。

人和人多么不同。人和人完全一样。

很多人因追求与众不同而迷失了自己，仿佛一个精于捉迷藏的人却将自己藏丢了。

相互理解是多么可怕——原来大家一样猥琐。

你内心的黑暗让你的文字也变得灰暗荒芜了。

正是你竭力掩饰的那些东西，会时不时跳出来指责你。

一个哈姆雷特将自己分作一百份分送给一百个读者，每一份都是完整的。

每一种狂妄自大都愚蠢无比。

试着将一支笛子叫琵琶，这微小的错位足以让人怀疑人生。

人们并不是惧怕死亡，而是惧怕对死期的确知。

他表演的冲动总是大过他的诗，这让他总是站在自己的作品前面。

在自己擅长的领域里学会赞赏是很难的，不是因为缺乏眼光，而是缺乏真正的爱。

世间有足够的道理将一个坏人打扮成好人，所以他从不担心。

懂得那么多道理的目的只是为了不屈服于某一个道理，并最终无道理可栖。

一只狗眼里有更多的善意。

只有深刻地经历过多种精神气候，才能清晰地辨识我们目前的精神状况。

他说的连自己都不相信，但他还是不停地说，不停地说。

很多朋友一生甚至见不上两次面，但人们还是怀着"下次再见"的心情说着"再见"。

痛苦像地下的煤，如果不去挖，就一切岁月静好。但诗人偏要挖出一条黑暗的巷道……

他在人群中大喊：他孤独他喜欢孤独他享受孤独……没人理会时，他就喊得更响。

他那颗不断被自我的悔恨所捶打的心终于碎了，他不得不含泪再将它缝合起来。

也许在去往炼狱或天堂的路上，我们会再次遇到李白、但丁或杜甫。

她太美了，她恨不得变成一个男人爱上自己。

因为内心隐藏了太多阴暗的心理话，他终日闷闷不乐。

形容词标示着文明的进程。

人因对自我了解太多而不得不将一部分隐藏起来，那可公开的一部分只为展示之用。

人类怎么思考，神也不会发笑，真正可笑的是人对神的想象。

深夜的书房突然众声喧哗，似乎每一本书都重新醒来。

美好的生活在这些可爱的玻璃器皿上发出短暂的闪光。

将内心的荫翳驱散一分，窗外的阳光就美好一分。

也许我会在八十岁的时候写下自己的回忆录，那时候，该忘记的应该都忘了。

我不断告诫自己：你处在最好的年纪，你在做正确的事情，不要心有旁骛，也不要期待结果，结果就在你每日的行动里，你只要尽己所能努力去做。

人在自己艰苦跋涉的路途上会得到一些不期然的加持，这是一种幸运而非必然，要心怀感恩并继续埋头前行，直到消失在众人的目光里。

在二十岁的时候，我想象不出自己五十岁的样子；在五十岁的时候，我同样无法想象自己的八十岁。事实上无须想象，你和其他人没什么两样。

天才们就不必互相踩踏了，汉语的天空足够大，容得下所有的星座。

今年头发掉了很多，不知是年龄原因还是心情所致。我倒希望自己的头发变白而不是掉光。父亲五十岁时开始白发，七十岁时几乎全白。

肖斯塔科维奇随身携带一个手提箱，一个随时准备入狱的人，尚有一个归期可以期待；坂本龙一则与癌共生，将每一天视作最后一天。如何消化这巨大的恐惧？

蚕在吐丝结茧前，会将自己倾吐得通体透明，没有一丝污秽，才将自己织进茧房里，等待蜕变。

人对同代人的辨识总是充满谬误，同时又与历代大师谬托知己。

思想停止于真理在握的时刻。

你如果连续几天不说话，大部分人会忘记你的存在。

作为一种不完美的造物，上苍为什么允许人的存在？一只猫、一棵树都比人完美。

我想知道那些选择流浪生活的人是如何打发那么多无聊时间的？

写作也是个不断学习的过程，这基本的常识被很多人还没入门时就放弃了。

相对于格律，现代诗将自由运用到极致，一切规则都让位于个人禀赋，因此也可以说，只有天才才能运用好自由。

东坡肉让苏东坡跌宕起伏的一生有了细节。

能和你分享荣誉与快乐的人是真正爱你的人，他们也愿意为你分担痛苦。

一切知识都需要新知识的喂养，知识忍受不了饥饿。

人最大的遗憾是在死之前依然对这个世界充满眷恋。

只有他人能见证我的死，这是世间最荒诞的事情。

人可以处理一切，却无法处理自己的尸体，这最后的尊严需借他人之手。

经由沉默抵达诗，是最快捷的途径；经由语言抵达诗，需要美妙的迂回。

诗在一切现实事物面前示弱，但还是被经常当作武器。

乔治·斯坦纳说普拉斯"太真诚"，"她诗歌中强烈亲密的情感，构成了一种真诚的强大修辞。诗歌以其骄傲的坦荡骚扰着我们的神经，发出迫切的强烈需求，让读者畏缩，为自己日常谨慎退避的感受力而尴尬"。这也是威廉·布莱克所说的"整个世界都暗暗反对的那种真诚，因为它使人不快"。诗人向读者袒露的"真诚"在何种程度上是合理的？又在何种程度上构成了一种骚扰？

伟大的大师几乎把所有的美都收割了，我只是一个在他们身后捡麦穗的人。

　　我不仅读不懂他的诗，甚至也读不懂他的解释。我以为我读懂了，但他的解释又把我搞糊涂了。

　　一想到人性，我就失去了交朋友的冲动。

　　也许是我的生活出了问题，它和我的精神榫卯不合，在精神的严重焦虑中，能改变的也只有生活——只有不停地工作，不问结果地工作，才是克服焦虑的最佳方式。

　　布罗茨基说诗是写作思维和对世界感受的巨大加速器，人一旦有了这种加速的体验，就再也摆脱不掉了。这种加速体验也有一种副作用，那就是他再也无法忍受那种平庸的东西了，这让他失去了很多平庸的乐趣。

　　当人们执着于生活的意义时，他们会失去生活；当诗人执着于纯粹的诗时，他会失去具体的诗。

　　写作哪有什么浪漫可言，不过是日复一日的工作和煎熬。

语言的抵达是一个谜，一种幸运的赠予——抵达那陌生的境地。

写作者会失去真实的自我，再形塑另一个自我，这就是所谓的真诚。

死亡无非是彻底的孤独。写作者还怕孤独吗？

"在这样的时代，艺术有权做纯粹的蠢事——作为精神、诙谐和情感的一种休假。"（尼采）现在我们做蠢事的能力已大不如前。

他卖弄着自己的聪明、博学与迷思，以至于忘记了自己是在写诗。

伯林临终时，得老友斯彭德赠诗一首："与君俱老也，自问老何如。眼涩夜先卧，头慵朝未梳。有时扶杖出，尽日闭门居。懒照新磨镜，休看小字书。"

是为白居易赠刘禹锡诗《咏老赠梦得》。

伯林在《苏联的心灵》中说，为什么作家会被极权政权视作需要严密监视的人群，因为他们打交道的是"观念"这种危险品。

奥登说，对于一首诗，最严厉的考验是亲手将它抄写一遍，好与不好，最细小的毛病都能被生理性地感知。

"诗掌握在它的祭师们手中，仍然处于脱离群众的地位"，而散文则"把一切脏活累活都扛在肩上：它答复信件、支付账单、撰写文章……"（奥登）事实上，最有效的叙事都被权利控制了，诗因其不具有宏大叙事和为日常琐事效劳的功能而得以脱身。

"一切劣诗都是诚挚的。"（布鲁姆）

认识自己和认识一个邻居一样难，甚至更难——失去了仅有的客观性。

列昂季耶夫说，俄罗斯人可能变得神圣，但不可能变得正直，因为俄罗斯人的理想就是神圣，他们缺乏西欧人的骑士精神。

尽管普遍的平庸是一个基本事实，但你让一个写作者承认自己平庸，他可能就再也写不下去了。

对于一个大诗人而言，图书馆就是他荣耀的墓园。

对这个世界最大的报复就是离开它。

被小小的虚荣心支撑起的写作，如同厨房里的甜点一样，给人带来恰当的幸福感。

没有真正的沉默。一旦停止讲话，内心的轰鸣就愈加猛烈。

维特根斯坦认为，"哲学病"的一个主要原因是偏食——"只用一类例子来滋养思想"；诗歌病也与此相似——只接受一种风格或路径。

老年的慌张最堪人怜。

"写作是一条狗，你不变心他就陪着你。也是一面镜，照着自己，和别人有什么关系呢？""活下去，活在自我虚构和自我陶醉中，这大概是一个写作者的宿命，明白也没用。"王朔的中年之悟。悟透了，也就不写了。

王家新译策兰，是汉语诗歌的伟大收获，为汉语写作带来了一个真实的形态，一种普鲁斯特所言的"新语言原则"，是一种异质混成的"诞生"，从此，汉语中有了这种"策兰体"。与其说是译作，莫若说是"创作"。事实上，想"正确地翻译策兰"本来就不可能。

博纳富瓦认为，诗首先是"那比词语多一点的东西"，是"对词语概念部分的僭越"，那概念部分正是诗人"痛苦不堪的障碍"。因此，诗的翻译"考虑更多的是文本中属于诗的成分，而非其中过剩的含义"。这和弗洛斯特所说的"诗是翻译后所剩下的东西"有点类似。这就要求译者在翻译时"也成为诗人"——

"相比于直接写诗，译诗的困难既不多也不少"。

在对诗的认识上，我们和古人之间还有多少交集？这交集的一部分，也许是永恒的一部分。

伟大的作家分得清诗歌何时是个美学问题，何时又是个道德问题。

诗意就是一种语言的溢出或浪费现象。如鲍德里亚所说，"极大的丰盛在浪费中才有实际意义"。

一只蜘蛛为了一张谋生之网而吐尽了自己，诗人大抵也是如此。

思触到深处是一种枯骨般的荒凉，此时你会更加怀念肤浅的枝繁叶茂。

失眠者的夜晚充塞着肤浅的思想。

这个世界为每个人而存在，我只是其中极小的一

部分，我个人的一部分，这一点也不重要，虽然没有
我就没有这个世界。

马笑起来的样子很滑稽，狗也如此，还是人的微
笑好看。

很少能够真正抵达诗的第一意。大部分只是诗的
表象。

深情伤人，无情是一种天赋，而诗似乎只属于深
情的人。

既然争论毫无意义，何不将道理奉送给那强词夺
理的人？

是时候从一种卑贱、崇低、渺小的境地抬起头来，
去提倡一种崇高的、有教养的、"伟大的诗"，不要
再给人们提供践踏的快感。"崇高超迈是从一种伟大
的雄心里散发出来的品质，它也来自华兹华斯所说的
一种关于存在的意识。"布鲁姆说，这种诗是"超越

了自己的时代和诗人的生平"的诗。

这一天，和历史上的每一天都大同小异，有一些事物消失，有一些生命来到人间。这是人类历史长河中静止的一刻，也是流动的一瞬。如同飞矢不动，我也不动，阳光的影子在书桌上缓缓移动了一寸，一首诗将要诞生，世界的芬芳一如既往。这一天，和历史上的每一天又都有不同。我们都以为那不过是生活中的偶然事件，当历史的列车呼啸而过，留下巨大的宁静，和站在原地的我们，才发现，有些东西已无可追悔地改变，如一枚生锈的钉子，将我们的双脚钉在原地，再也无法迈动。

没有所谓最好的时代，对诗人而言，只要你热爱写作，任何时代都是最好的。

切忌中年之后的松松垮垮，文体的松垮一如肉体的松垮。

一个人年产数百首诗，如同亩产数万斤一样荒诞。

诗是从经验里死里逃生，而非对经验的简单复述。

诗人来到读者中间，如同罪犯悄悄回到犯罪现场。

布罗茨基认为，陀思妥耶夫斯基本质上是一个加尔文宗信徒，"加尔文宗总体上来说是一个非常简单的东西：这就是一个人对自己、对自己的良心和意识的十分严厉的清算"。正是这种严厉的清算，让他的作品具有了人性的深度、悲剧性冲突和宗教崇高感。

看到莫言写诗，我也有了写小说的冲动。我知道我写不好，跨越文体很难。"正因为纳博科夫不是一个好诗人，他成了一位出色的小说家。"（布罗茨基）很多小说家都曾是蹩脚的诗人。

相对于那些刚过青春期就停止发育的天才，我还是更喜欢那终其一生才达到其光辉顶点的大师。

诗有时通过言说来表达沉默。

有些特立独行仅仅是因为没有人愿意像他那样行。

他对自己的谦卑感到骄傲。

乐观的人总是将自己哄得很高兴，悲观者则将未来的厄运提前消费。

"诗人是巨人"（勒韦尔迪），"诗人是未被承认的世界立法者"（雪莱）。其实不是这样的。诗人在大多数情况下是软弱无能的人，人群中的失败者。

形式过于精巧以至于成了一个无法承载太多内容的精致的笼子。

多克托罗："这就像在夜里开车，你永远只能看到车灯那么远，但你能开完全程。"写作的魅力也大抵如此。

读完了一个作家的访谈。他说的都对，但激不起我的一点兴趣。也许我内心期待的是一场争吵。

相对于清晰和写实，晦涩和抽象应是很高级的东西，不能只是用来骗外行。

花十多分钟读完了一本诗集，并且不想再读第二遍。这诗集的出版纯属浪费。

有一首诗，读过十遍之后它依然是新鲜的，你只好怀着嫉妒之心，震惊于这伟大的创造。

人性中掺杂的恶越多，对这个世界的免疫力越强。向善的意志让人变得虚弱而孤立。

总而言之，人不是按道理生活的，而是依惯性，或被人推挤着。但人总觉得自己生活得很有道理。

当人把自己的那一点思想交托给上苍保管后，内心的平静才会随之而来。

人们总是向诗要求着太多东西：思想、责任、道德、武器、快感、美丽……诗尽量满足着人们的要求，终于让自己变得蓬头垢面。

抛弃人群，这世界就是你的了。

当仇恨的话语即将喷薄而出时，一定要绷紧嘴唇。

新诗的成就可能比不上古诗，但并非是输给了古诗，而是暂时输给了时间。

诗歌江湖根本就不是一个成熟的共同体，无非是一些友谊的同温层，因此也不存在一个行业的标准。

写作者最好还是少些粉丝或追随者，人会被追随者追杀，以愉快的方式。

在失眠者眼里，床榻犹如一个墓地。

有一刻，你躺在草原上，什么也不看，也不想，被风吹着，靠万有引力而呼吸。

天才的朴素在于能把最简单的事物说清楚。

一个美妙的意象嵌在句子中，如同一粒丢到土里就发芽的种子。

维特根斯坦说，哲学应该当作诗篇来写。但反过来却不能成立。这是诗的骄傲。

杀伤力最大的武器是枕边人的鼾声。

格言的最大快感在于不讲道理。

当得知他对我的作品充满恶感后，我对他的作品也登时不喜欢了。

袋鼠的两只前腿真是一种尴尬的存在。

"不要试图鹤立鸡群，离开那群鸡。"（麦克里德）

这么说未免傲慢无礼，自视过高，但道理就是这么个道理。

理论上，人的双手应该能够统治身体的每个角落，但随着年龄的增长，后背的某个点渐渐成了一块飞地。

如果在批评他人的时候不将自己放进去，那就过于廉价了。

维特根斯坦说"世界的意义必定在世界之外"，"世界中一切事情就如它们之所是而是，如它们之所发生而发生"。维的伟大在于他为"思"划定了一个清晰的界限，界限之外的只能沉默。我想说的是，诗正是对这沉默部分的探寻／召唤与僭越，"的确存在着不可言说的东西，它们显示自身，它们就是神秘的事项"。这就是诗的神秘领地。

写完《作为意志与表象的世界》时，叔本华只有二十八岁，如此年轻就参透了生死，不可思议。

按叔本华的表述，被意志控制的人生终是个悲剧，唯有死亡才得解脱。但人仍可借助于艺术按下欲望的暂停键，摆脱意志的奴役，获得短暂的逃逸。

人的成熟度体现在其接受批评的能力。

天才在时代的众多低音里奏响了一段华章。

理解一只狗比理解一个人更容易，因为无需通过人类语言。

恶的无所不能在于对规则的突破和无视；善的脆弱性决定了人的悲剧性，但"人唯其脆弱，才有力量，才有美，才有卓越和高贵"。（纳斯鲍姆）

灾难像一块滚石，从人生的斜坡上滚下来，将面前的道路砸出一个大坑。

我们总是渴望从别人那里得到赞誉，得不到便会痛苦失望。事实上没人欠我们什么。

不要试图安慰痛苦，痛苦就是被各种安慰喂养大的。

当人们起舞时，第一个动作通常是张开双臂。人有飞翔的欲望。

往往是那些被其时代所忽略的古人，成为了我们的同时代人。

圣母的伟大也许正在于她不是一个真正的母亲。

人生不是一场建构，是交付，是重归于零的过程。

留给人生变轨的机会很少，这些机会还通常会被视作灾难而竭力回避。

有时，意象的拼贴、并置、倒错、缝合等等，只为打破正常的语言逻辑，呈现一个混乱、荒谬、分崩离析的生存真相。

我们所展示的"真实"多少都经过了修饰，因未经修饰的真实太过残忍，也不美丽，让人胆怯。如维特根斯坦所言："我们不想让别人看到我们的内心，因为我们的内心并不好看。"

辑

四

写作将一个人唤回孤独的房间

枝繁叶茂的人间性虽然肤浅，尚可与虚无对抗一阵。很多人停在这里就不走了，但真正的写作却是返回到旷野中，在大地坚实的基础上，一个人与上苍对话。

一间单人牢房的特异功能在于：将时间压缩成一张薄饼。

年轻时不愿承认自己只是一块铺路石的命运，中年之后才会乐于承认：是的，只是一块铺路石。

他谦卑的姿态让他更易于收获平庸的赞誉。

祖母去世了，家族里的最长者。从此不再是谁的孙子了，朝前望去，仿佛离人生的终点又少了一道山岭阻隔。

朝霞辉映着教堂尖顶上的吹号天使——这小城里的至高点。

小说界的东北格调，如同大众舞台上的二人转。

一件作品完成后，会像个孩子一样跟随你一段时间，怎么看都那么可爱。要认清它的优劣，需要等它真正长大。

这个江湖已渐渐分化成众多友谊的同温层，彼此之间体温差异甚大。

归根到底，人的自爱让他存在，如果不再爱自己，存在就是一种酷刑。

写作将一个人唤回孤独的房间。

"基督教没有选派教授，它选派的是使徒。"（克尔凯郭尔）诗征用的则是热情和信仰，不是技术。

打动读者的心扉算不上什么，让读者产生恋人般的嫉恨才算成功。

孤独不是因为无法与人交流，而是无法与自己交流。

史蒂文斯诗句："不完美是我们的天堂。"博纳富瓦说："不完美是顶峰。"作为顶点的死亡也是无法完美的，我们总是带着遗憾离开这个世界。

有摆脱了事件的诗（瓦雷里），有摆脱了思想的诗（博纳富瓦），有摆脱了主体的诗（史蒂文斯），有摆脱了语言的诗（策兰），一切对羁绊的摆脱都只为更接近纯粹的诗。

史蒂文斯最终走向抽象，并从抽象中重新构建出一个具体来。

反复在常识问题上争论，说明我们的诗歌观念已多年未更新。

陷入疯狂之后的尼采应该是平静而幸福的吧，至少没有清醒时那么痛苦了。

用酒精、性和暴戾浇灌的诗歌心灵，远不如用泪水、痛苦和爱情来得茁壮。

人最幸福的时刻，是独自热情地招待自己的时刻。

一首色情的诗可以让一个名词怀孕。

诗绝非空虚，但没有空和虚也很难有诗。

美好和甜都聚集在舌尖上，悲哀和痛苦让诗拥有了深度和重量。

幸福感太强的人无法写诗。

一行诗犹如莫扎特的一个和弦，微小的天使在其上轻颤。

"诗人有回忆还不够，"里尔克说，"你还得能忘掉它们。"通过什么忘掉？通过写作。

写作，以发现最不堪的自己和最伟大的自我。写作者只会死于精神的怠惰。

他写作的一生堪称竞技的一生，不是与自我，而是与同行。这是对写作和自我的双重伤害。

艺术更新着世界。

伟大的诗将我们混沌的内心秩序清晰呈现。

享受你自由而愉悦的写作吧，在你拥有更多读者和名声之前。

凯尔泰兹在 1982 年的日记中说，匈牙利作家的问题并不是所谓"由于语言的隔阂而无法与世界对话"，而是"不能向匈牙利人讲话"。

创作和性爱一样，如果毫无创造，就会变成一种纯粹的消耗，并最终导向虚妄。

人生是一场必然要输掉的战争，如果你与人为敌的话。唯一的胜机来自与己为敌，来自对自我的深刻否定。

人在虚弱的时候会将任何一点小小的赞誉视作甜品；人只有在自身强大的时候才会将一切批评视作精神的食粮。

相对于那些给我们带来甜品的人，我们更容易记住那些给我们带来鞭子的人。

人们在生活的队列里跑得气喘吁吁，生不如死，就是不敢停下来，生怕被人群抛弃——但人就是这样被生活抛弃的。

努力去创造一种清晰性与神秘性并存的风格。

薇依令人震惊的践行力量来自她伟大、深邃而又狭隘的信仰。

我大概很难再成就其他事业，仅仅写诗这件事，已耗尽我大部分气力。

去追寻诗的真理，但不要为自己的写作找理由。很多人正好相反。

回到写作中就是从一个安全的浅滩重新回到激流中。

孤独就是迷失在人类中，拒绝向他人敞开怀抱，也不再有热情拥抱他人。

现代之前的人们遇到心灵问题还可以遁入修道院，现在几乎无处可逃，只有疯人院。

一个在诗上耗尽了毕生精力的小诗人，诗就是他的一座封闭的小教堂。

一把钥匙从未打开过一把锁，它还可以被称为一把钥匙吗？一个光棍汉从未亲近过一个女人，他却依然被称为一个男人。

发现有人从我的诗里拿走了一个句子，心中窃喜：我的写作终于对别人有了点用处。

在诗里，那撩拨人心灵表皮的轻逸，与那给人重重一击的痛苦，几乎是等重的。

如果你在写作之前没有感受到类似生育前的阵痛，就不可能产生真正的生命奇迹。

公开出版／发表是一件难为情的事情，尤其是想到它们会被那些你不喜欢或不喜欢你的人读到。

天才的勤奋是天才的组成部分之一。伟大的天才拥有伟大的勤奋，只不过是这勤奋看上去像是一种天生的乐趣而非苦役。连天才的维特根斯坦也不停感叹："我是太柔和、太脆弱、也太懒散了，干不成任何有意义的事情。"

诗被窒息在知识里的事故时常发生，就像溺死在情感里。

经济的窘迫会迫使一个作家不停地创作，让他著作甚丰；也可能会让他分心去写一些无用的垃圾，以赚取有限的金钱。

他决定将自己涂脏，以防那些坏蛋用下流的方式抹黑自己。

如此伟大的一个人，却整天被便秘困扰——他在卫生间的奋斗史甚至超过了他在事业上的努力。

如果他真的将自己隐藏起来，你就很难找到他。现在，他只是一边藏一边叫着"我要藏起来啦"，你只需循声去找就可以了。

格言就是用一种不讲道理的方式讲道理。

有一种隐约的雄心，在写作上，但并不真实地去实现它……

人们为什么不喜欢喇叭花，这么好养，开花也漂亮……难道仅仅因为它好养？

一切文明的进程似乎都是拜美德而来，但人之为人的罪恶本性并未有丝毫改变。当我凝视自己的内心，邪恶的念头每分每秒都在滋生。加缪也慨叹："我太了解自己，以致不能完全相信纯粹的美德。"

在迷醉的爱情中就不应该有道德存在。诗即如此。

诗在书页中，如同王冠在王国中，那书页中的大片空白绝非浪费，而是诗的万有引力所积聚的场。诗非简单的分行，每一个标点都比城砖还重。加缪说，1905 年的俄国革命就是从莫斯科的一间印刷车间的罢工开始的，排字工人们要求将标点符号也作为字数来计算……

一个怀疑主义者所建立的世界总是摇摇晃

晃的……

爱默生认为美国人在机械上如此神奇是因为他们怕苦怕累，天生懒惰（见加缪笔记）。难道我们在机械上的一事无成是因为吃苦耐劳的天赋？不，是一种更可怕的懒惰——思的懒惰。

过于轻逸的风格不足以支撑起沉重的生命。伟大的轻是那种吹过喜马拉雅的风——翻越了痛苦的顶点。

当我在内心恶毒地诅咒别人时，内心的痛楚总比反击来得更加猛烈；当我一再为自己辩护，每一声辩护都招来一种责备的目光；而当我软弱、就要将自己放弃时，那谴责的目光又悄悄收回。当我打定主意，这一生要和人去争斗，以获取一场场世俗的胜利，但人和人的斗争没有凯旋者，我注定会一败涂地。只有我和我的斗争，才能决出胜负——那失败者将迎来最终的恩典。

这里的夏天不太像夏天，缺少必要的苍蝇、蚊子和雨水；这里的冬天也不太像冬天，只有依靠回忆，才能保持对北风、雪和严厉的记忆。总之这里的一切都不是我熟悉的元素，只有蔚蓝、大海和石楠，盛满盲人的眼睛。不必到那霜冻的茅屋里去寻找孤寂，也不必到人群中去寻找友谊，这里每一个朴素的早晨都带来感动。仿佛结在树枝上的少女熟了，在一个寂静的雨夜突然坠落，邀我加入这大地的宴席。

爱是一个可以抱住痛哭一场的怀抱；幸福无非是求得自我的谅解。

最平庸的生活里没有真正的失败。

伟大的诗篇也可能是被撒旦那无形的手牵引着完成的。

欣快感往往来自一种便宜的消费。伟大的东西往往不便宜，而且还会带来痛楚和不适。

爱也会让人迷路——当你爱得闭上了双眼。

她身上有一种可贵的骄傲，仿佛一架骄傲于不被演奏的钢琴。

天才从来不认为自己是天才，这是成为天才的首要条件。

只有当双方都认为自己胜利了时，争吵才会停息。

从来都是盗贼和救世主一起被审判，这没什么可抱怨的，求仁得仁。

多么可惜，那么多雪，却下在了山背后。

一地的碎片，比一个圆满的东西，更让我安心。

下楼。想了想，又无处可去，但又不甘心返回。踌躇的片刻，一只鸟看见了我。

在写作生涯中，"写"本身最无足轻重，更多的是焦灼、彷徨、苦思、虚妄……

托尔斯泰说他的大哥成不了一个作家，因为"成为一个伟大作家该具备的那些缺点，他一个也没有"。

诗拥有一种让你的内心起舞的力量。

批评很容易，当它如此自然地发自内心；赞美则很难，尤其是当它发自内心时。

幸福感是一种很平庸的情感。人生的小船需要足够的痛苦才能锚定。

你怎么能将朋友的赞赏当真！但你又分明从中汲取着善意的养分。

通过数学认识的世界和通过宗教认识的世界，还是不是同一个世界？

当诗人将他痛苦的果实（一切成熟的果实都是苦的，而非甜的）交付给人群，他从众人失望而迷惘的眼目中再次体会到难言的苦涩。

每日催我起床的，是焦虑，而不是爱。

每一次充足的睡眠都带来一个充满希望的黎明。

因为有了答案，他们才允许我们提问。

里尔克在写完折磨他多年的伟大哀歌后，终于可以放心地撒手人寰了。我也在等待自己生命中的那最后一首诗吗？

里尔克到达慕佐后，终于找到了他生命中的最后一处洞穴，才舒心地说："在此之后，我只需要这一个：长久的、长久的独处，也许永远。除非这样，我才有希望重新建立我的精神工作和思考的连续性。"

托马斯·曼说他忍受不了里尔克那"贵族式的装

腔作势和他虔诚的矫揉造作"，对他的散文也"根本无法忍受"。大师之间的不通约比常人更甚，"任何伟大的思想家都是另一个思想家眼中的蠢货"。（埃科《傅科摆》）

当我们对他人的厄运心存窃喜时，仿佛那能治好我们的病，事实上我们的病根本就无药可医。

激情是将世上的光聚集在一个焦点上，直至引燃自己。

诗是在律法的规定中寻找突破，在罪的惩罚中寻找出路，在痛苦的情感中体会愉悦，诗是上苍惩罚我们的另一种方式。

尽量不让自己踏入体制化的工作，以便可以主宰自己的时间和自由边界。同时也要准备承受安全感的缺失和物质的匮乏状态——这种丰盈的自由和匮乏的张力都是写作所必需的。

人若专注于自己的痛苦，就不会再有兴趣去围观他人的痛苦了。

少和鬼魂们在一起鬼混，多去凝视一颗星。

在他最成功的作品中，记录着他的一切失败。

诗试图从清晰走向那晦暗之地，试图摆脱词与物的规定性关系，试图从有走向无并从无中生有。它可以对黑暗的事物感光，它是混沌而非混乱，它有自己清晰的思路和逻辑。

天才通常不知道自己是天才，疯子也通常不认为自己是疯子。

多说蠢话，才能愉快地活下去。

诗是一场语言和生命的赌局，赌输的往往是生命。

一个写作者最大的悲哀是做了读者的人质。

诗是一架天梯，它的一端立在大地上，另一端深入虚无的云端——有谁愿意乘这架天梯逃离？

"人们也许可以通过钟鸣声来宣告智慧，市场上的小贩用硬币的叮当声就能盖过它。一切都在咯咯叫唤，谁还愿意安静地待在窝里孵蛋呢？"（尼采《查拉图斯特拉如是说》）

博尔赫斯竟然认为卡夫卡知道他的朋友布洛德不会按他的遗嘱去做——焚毁他的书稿。老博未免有些市侩了，他没有理解卡夫卡对这个世界的弃绝。

荷尔德林说："离开了诗，我是麻痹的，我就是石头。"但进入了诗，我却是疯狂的。还是变作石头好，一块自足的石头，如荷尔德林沉默的晚年。

多奇怪，两个疯子打起架来，起因是相互不理解——而疯子不正是依赖于他人的不理解吗？

在梦中遇到另一个自己，并趁机仔细打量了一番。

学生问艺术与色情之间的区分，毕加索严肃地回答："没有区分。""没有性的艺术就不是艺术。但没有了艺术的性也不能称之为性。"

用诗去玩味悲伤，如同往咖啡里加糖。

一个短暂的幸福体验：早晨醒来后，发现没有非做不可的事，精神和现实之间出现了一个自由的缝隙。

人很容易满足于自我责备，既可防御外来的打击，又不至于将自己谴责得体无完肤。

天堂因过于完美而失去了基于人性的一切魅力。

鸟儿飞翔的秘密并非拥有翅膀，而是拥有自由的意愿。

她的悲伤不需要你来化解，那是她今晚特意邀请来的客人，只有让自己溶解在这黏稠的悲伤中，她才有幸福感。

幸福就是让自己变成自己的俘虏；成功则是让自己变成他人的俘虏。

声名狼藉的浪子将口袋里的前途和道德都兑换成了自由。

焦虑、煎熬、毫无希望……一首未完成的作品仿佛是死的，但经过一番艰辛的努力后，突然就有了灵魂和呼吸，它活过来了。"重要的是去做，"毕加索说，"除此无他，任何结果都可以。"

偏狭的知识像一根摇摇欲坠的梁木，支撑着他晚年的信仰。谁也不忍心抽走那根朽木，以防他全部的人生突然坍塌。

诗鼓励人们去做一些"错误的事情"，并通过疯狂的想象将人们带上脱轨的生活——当然，没有人真的跟随诗去生活，但诗为人们的欲望带来一种延迟的满足。

夜晚将白昼的思想像海潮漫过沙滩一样抹平了……

"性是通向离奇事物的唯一道路"（巴塔耶），是道路，但并非唯一。在带离人们脱离大地、朝向虚无的意义上，诗、性和酒具有相似的效用。

愤怒最是让人愤怒，因愤怒让人体会到自我的无力感。经上说："不可含怒到日落。"

清澈见底的阅读可满足读者的倦怠，映现读者头脑中的空洞无物。

任何知识的学习都是某种意义上的剽窃，人们将这些剽窃来的知识堆放在人生的仓库里，并以此活了下来。

你在镜中的自我和在他人眼中的自我是同一个人吗？定然不是。他人从来不是一面客观的镜子，而客观的镜子从不存在。

真诚的诗人总是在诗里真诚地说谎。

拥有"知音"是件很可怕的事情。本来你以为是你一个人在黑暗中干一件静悄悄的事情，结果被另一个人看得一清二楚。

我希望那些被我写坏的诗集体起来踢我一顿，以解我内心之羞愧。

闲着，需要花费非常大的力气。

巴什拉主张诗歌文本要去现实化，将诗意从客体中解放出来，带回到幻想所特有的流动性和活力四射的维度当中。

爱必须是一个伦理的病句时才充满魅力，它从道德逻辑的断裂处涌现。

只有当失败的果实落地之后，他才能勉强乐观起来。

"写作是艰苦的重任，毫无疑问，也是让一个人永不得闲的最糟糕的方式。你必须时刻待在自己的内心，自拘于孤绝的境地。"（托卡尔丘克《云游》）写作的吞噬性让人生变得灰暗孤绝，但希望也在这绝望里——每一部作品都如同炸开人生的坚果，赤裸出黑暗而新鲜的核。

"我对你来说是个陷阱。即使我什么都对你说了，也没用；我越是光明磊落，就越是在欺骗你：欺骗你的正是我的坦诚。"（布朗肖《至高者》）诗人／作家往往会在作品中隐藏起自己的真实面目，因"撒谎是人类的本质"（普鲁斯特《追忆逝水年华》）。但又希望向读者传达一些信息，以便将读者勾引过来。这种不和盘托出的若即若离，造成了一种恋人般的关系。

因为不知道厄运会来自哪个方向，我只能四面都筑起堤坝，以防不测的命运。堤坝越筑越高，直到再也走不出去，我才知道，这就是厄运，我亲手筑造。

没有被泄露的隐私犹如无法结束的游戏。

好诗如同艳遇。

"修辞立其诚",孔颖达《正义》:"辞谓文教,诚谓诚实也。"若只从现代意义上理解"修辞",则是一个伪命题,因"修辞"本身就是对"诚"的偏离和遮蔽。"当直面自我时,每个人多多少少都作了弊"(巴塔耶),而作家无疑是说谎最好的人。

很多时候,是知识让诗变得无知。诗必须翱翔于知识之上,作为一种特殊的知识,指引人们如何迷路。"诗歌语言阻止自己沦为简单的思想工具,……只有思想不思考其自身,并与自身分离时,艺术才能存在。"(《马拉美:塞壬的政治》)这是朗西埃的一个反向观察。

如果在临终之际依然对自己写下的文字感到愧疚,我愿将其付之一炬。但事实上,这已不是但丁和卡夫卡的时代,我的草稿遍布网络,一种可怕的永恒已经诞生。

别着急啊，别着急，等春天过去了，我们就老了。

"敌人"是生命里的一个肿块，应该用一种友爱的酸液将其稀释。

人大多生活在第一人称和第二人称之间，第三人称是一种干扰和调剂。

即便是失败之作，也希望我写下的每一个字都是可回收垃圾。

抑郁的浅表症状：躺下休息比干活还要累人。

想象力不是吹牛皮（放大自我）。"黄金在天上舞蹈，命令我歌唱"，是想象力；"我在天上舞蹈，命令黄金歌唱"，是吹牛皮。

利奥塔说，作者只能在读者不在场的情况下写作。

写作让人害羞又骄傲。

一个人可以死而无憾，唯独对自己的尸体无能为力——这大概就是卡夫卡和帕斯卡尔在遗言中要求焚毁手稿的秘密。

诗人们不断地讨论着"诗的作用"，这大概正说明了诗在公共层面上作用甚微。我很少见小说家们讨论此类话题。鲍曼有个有趣的说法：当罗马着火了，而人们又不能为扑灭大火做些什么时，那么和其他追求相比，拉小提琴既不显得特别傻，也并非不合时宜。

诗是否有助于诗人改变其在社会结构中的位置？还是如布迪厄所说的只是一种"结构的位移"？是否会产生一种"价值位移"的效果？或如史蒂文斯所说的，逃进那"至高的虚构"中，同时准备承受那"至高的虚无"？

诗非"目的"，而是"道路"。如海德格尔所言，重要的是"在路上"，而非"思想""目的"，唯"道路"本身才真正迷人。在途中，你会邂逅不同的人，不同的事，会经历荒野，会经历夜路、水路、林中路，会有同道、错失和偶遇……海德格尔甚至认为老子的"道"应译为"道路"（Weg），而不应译为精神、理性、逻各斯等。

这世界有些踉跄，需重述一些基本的信念，以便让大地重新稳定。诸如信、望、爱，确信你的朋友仍然爱你，你的邻居不会害你，确信雨过会天晴，太阳每天都是新的……

口语是非书面语、非官话、非主流、非逻辑、非规范……它主要以一种否定的精神而存在，和贵族的、主流的、精英的相对应，是一种向下拉扯的力。

酒用于欢宴，用于忘却，用于短暂地逃离，有时也用于飞升，更多用于坠落。酒让人摆脱光明的直射，进入黑夜的心脏，让肉体和重力一起消失，酒的形而上学如此纯粹，酒是唯一可以让人通神之物，仿佛人人可成伟大的酒神。

技艺让人迷醉。斗蛐蛐都能让人迷醉一生，更何况写诗。但诗非器也，器是个罐子，装不下诗。

网络让世界变得拥挤而吵闹，但窗外的世界依然如故，格世界当格门前之竹。

尼采会被这个世界吵死——假如他活在这个网络时代的话。这是个绝对的怀疑论者的世界，人人都有话说，查拉图斯特拉必须闭嘴。

对于悲观主义者而言，最恐惧的当是幸福降临时。

人因太过赤裸而不敢接近，戴上面具就好多了。

我把自己藏好。但并不期待有人来找。我不在游戏中。

这太奢侈了，黄昏的微风，还带有一点茉莉香。

人通常是被厄运的巴掌打醒的，人不会自己醒来。

我准备好了，等待那劈头盖脸的一刻。

他打了我一巴掌，然后伸过脸来也让我打。我谢绝了。

人爱自己的文字，爱文字里虚构的一切，以至于失去了爱现实之物的能力。

每一首成功的诗作中都有一个最小的神祇。

人的一部分自由来自缩小与世界的接触面积。

如果能重返平庸的生活，你就还能平安地活下去。

我是谦卑的吗？我足够谦逊吗？每次我都不敢骄傲地说：是的。

我从写作这件事中得到的太多了，我应该将它们一一还回去，只留下几首诗就够了。

诗人在大部分时候都有一种大祸临头的感觉，幸福感只存在于一瞬间。

善的脆弱性让它可以容纳恶。

诗从来不是深思熟虑的产物，它由偶然性所触发，带着周身的敏感、含混和启示性来到这个世界，像一个半神。

在这个倾斜的世界上，保持与大地的垂直并不是件容易的事情。

不要在诗中诉苦，而是要吞食它，像饮一种烈酒，其中的快感来自狂醉之后。也的确只有苦难能灌醉自己，幸福太甜。

我只有从我中走出来才能看到我——但也只是看到那个失去了我的我。

人能轻易登上那极乐的巅峰，通过性、酒或药，但痛苦的深渊至今仍深不见底。

黑暗是黑暗所发出的光。

别期待他们会给出真相，真相正如你想象。

人与人之间的相似性远大于其差异性，但人们却因其差异性而相互缠斗一生。

你知道仇恨靠吃什么为生？它吞吃岁月。

诗集就是一抔骨灰，诗人的衰败来自对这一抔骨灰的自恋。

献给无限的少数人？哦不不，还是献给有限的几个人吧。

相信自己信仰的虔诚，这是最大的自负。唯绝望可减轻这种自负，并带我们走向真正的虔诚。

诗是一个虚无的怀抱，可容纳一切孤独。

那永不开放的玫瑰，用一种天真守护着自己的纯洁。

当孤独过度饱和时，人生会变得空虚。让孤独处于一种等待之中，而不是急于去享受它。

这个流浪汉多久没有照镜子了？一个合格的流浪汉的标志在于对镜子的舍弃。照镜子很大程度上不为自我观照，而是替他人照看自己。

你不知道这种莫名的恨自何而生，它就那么产生了，在曾经交好的两个朋友之间。在一切情感内存中，恨占用的空间最大。

人在懊悔中，以攻击自己为乐。

鲍德里亚说，为了与他人真正在一起，唯一的出路是与他人相疏离。这是一个悖论，为了共存必须有一种疏离，但疏离又在何种程度上成为共存？

诗向一切开放，但一切都不可能进入诗之后还能幸存。

诗是自世界的开裂处长出的一朵花。

当自由这烫手的礼物到来时，我们甚至都不敢接在手中。

抑郁是一种便携式的自我保护装置。

"尽可能慢，尽可能愚蠢，一个这样的人才能走得远。"（尼采）走向哪里？

对世事的绝对清醒是一种可怕的疯狂。诗的伟大在于它充满激情的不清醒状态。

一瓶烈酒，酒鬼的幸福诗篇。

为何要写得如此晦涩，以至于脱离了那可交流的"词语之链"？博纳富瓦说是为了能够走得足够远，远到"推翻墓碑，找到入口"，也就是抵达死亡之门。"当我们想在更深刻的意义上成为自己（比如在诗中）时，我们就必须将自己放置在一个至少部分地与他人失去沟通性的界面上，最好接受这个事实，而不是假装它不存在。"

在一种理想状态下，一首诗会让读者感到是属于他的——是他写的或为他而写的——这是诗的神圣属性之一种。

当你对这个世界完全失望时，通常会面带微笑面对四周。

在一个无告的世界里没有安慰。无根据的人生不值得活。

在这个灾难频仍的世界里，我沉浸在诗里的时间太久了，需要时常探出水面，去生活里做一次深呼吸。

诗人经常会被自己的诗作赋予某种自信的幻觉，尤其是那种纯粹的、神启般的诗作。因此，幻灭感和被生活痛击在所难免。

这个伟大的天才激起了我内心多少卑贱的泥浆！

我不由得将自己内心的恐惧喊了出来——现在，我在等待夜空中传来的回声。

我用手试了试那风中的火焰，是凉的。

有的朋友因写得太多而稀释了他有限的精神，有的朋友因写得太少而凝固、干结。

星空是永恒的人类教师，任何时候你虚心向其求救都不会失望。

史蒂文斯说"观察的精确等同于思考的精确"，但离表达的精确还有一段距离。

诗在未脱离它的作者之前都是一个未成年人。

诗人是制造垃圾的人——他翻动语言的冻土层，让母语的土壤变松。

对诗人而言，过于自信是一种盲目，绝对的自信是绝对的盲目，但没有自信又根本无法写作。

诗人是梦想飞上星空的假神，他假借一双语言的翅膀，却又不得不一次次摔回到大地上。

诗的神性本质在于它脱离人类语言的强烈冲动，在于它脱离大地引力和世俗法则的欲望。诗不是宗教，因为它不需要简单相信。

诗存在于人性黑暗的最底层，也在永恒之光的最高处，唯平庸的现实难觅诗的踪迹。

自我认知和他人眼中的自己永远不是同一个人，"我是谁"是个无底之谜。

监狱长的善良施展在狱门之外；诗人的道德体现在诗行之间。

废话是生活中的第一语言，其次是谎言。真理只在迫不得已时才现身。

为了让自己原谅自己，我苦苦劝说了两年。

婚姻是个平庸的泥潭，你想喊住她不要往里跳，那会让她无法呼吸的……但不跳进去，她会更恐惧。

老来诗篇应何如？老杜认为年轻时可以"为人性僻耽佳句，语不惊人死不休"，到了老了就应该"老去诗篇浑漫与"。艾略特在《论叶芝》中说，中年之后的写作面临三种选择：要么完全停止，要么重复自身，"或者通过思考修正自身使之适应于中年并从中找到一种完全不同的写作方法"。人需要不停蜕变，才能不断成长，如尼采所说，不蜕皮的蛇只有死路一条。一般汉语诗人会赞同老杜，"焉得思如陶谢手，令渠述作与同游"，一个人间清醒、质朴通透、随心所欲不逾矩的老年。但我更欣赏歌德的说法："我们要在老年的岁月里变得神秘。"

1942年2月22日，六十一岁的茨威格在巴西"重建自己的生活"失败之后，与妻子一起服药自杀。"我的母语世界已经沉沦，我的精神家园欧洲亦已自取灭亡。"他在遗言中说，"但是一个人年逾六十完全重新开始是需要特别的力量的，而我的力量却经过长年无家可归、浪迹天涯，而消耗殆尽。所以我认为，还不如即时不失尊严地结束我的生命为好"。

为了回避痛苦与虚无，人们总是劝慰自己，努力活在"当下"。殊不知，所有的苦难也都处在一种当下状态。

享受孤独，如同一个人偷偷地独享美食。

孤独主要是一种中年况味。老年人耻于孤独，如同少年人羞于孤单。

当我们听着崔健的老歌，陷入怀旧与哀悼时，年轻一代指着我们说：看，中年人，你们为我们留下了一个怎样的世界！

诗试图立足于经验去摘取那超验的果子。写就是对诗的背离。

他一直无法让自己真正成熟起来，像一个老年的兰波。

平庸者总是希望做永远正确的事情，天才则在诗和生活中屡犯错误。

朋友太多的诗人，作品容易浮夸。

他明明在闹笑话，还不许人们笑。

诗人们被迫为自己的作品辩护，这真是个灾难。懂不懂不是语义问题，是观念问题。

当诗被用来叙事时，诗的褴褛如同乞丐。

如今选诗、评诗也能选成一种政治。

别动不动就一代人如何如何，这种观察太粗陋了。

"诗人的创作必须日复一日地继续下去，其目的在于提高技巧和收集诗性的预制件。一本好的笔记本胜过按照旧格律来写诗的才能。"（马雅可夫斯基）

塞弗里斯说他写作的理想地点是阿尔巴尼亚，那里临近希腊，关键是"因为我在那里默默无闻，与世隔绝"。

"谁写诗，谁就会反对全世界。"贝恩说。反对并不等于仇视。

在《巴黎评论》的诗人访谈里，很多诗人都会被问及与艾略特有关的话题，由此可见，艾略特是现代诗真正的"话题人物"。

写诗在某种意义上就是装置一件艺术品，既非理性的、智力的，亦非非理性的、混沌的，而是一种艰难而复杂的"编码"，不要相信一气呵成的鬼话。

关于写作的怪癖：我写作的时候喜欢揪鼻毛。

阿什伯瑞说，人们可以接受毕加索的"两个鼻子的女人"，却不能接受诗歌中类似的尝试，是因为没有把诗歌放在当代艺术的整体谱系中。

新作永远是对旧作的一种救赎或纠正，这是写作者的隐秘的力量之源。

当我阅读自己的作品时，我总是缺乏自信；但当我阅读同行的作品时，我的自信又来了。

写诗挣不到钱，当然。但钱也买不来诗。

因为力量的匮乏，人们倾向于从别人的失败中寻求安慰，而不是从对自我的反思中获取救赎。

灵魂太高了，星空之上是我的葬礼。

在一种被集体遗忘的恐怖气氛中，老同志又团结在一起。

"我的小肖邦啊，如果我现在年轻貌美的话，会让你做丈夫，席勒做朋友，李斯特做情人。"一位波兰伯爵夫人说。

悄悄把伤口隐藏起来，而不是敞开给人看，也算是平凡人生中的英雄主义。

相比于李白，我更愿意和杜甫做朋友。

俗话说"公道自在人心"，事实上不公道也在人心。人心最幽暗，最叵测。

人们愿意相信发生在别人身上的不幸，这种情感动力来自对自我的溺爱。

诗的伟大在于它是那头盲人摸的象，它能承受一切对它的一知半解，却永远无法窥其全貌。

爱的杀伤力超过了恨，以致当爱失去时，会轻易转成了恨。

"我的自我感觉不差，体重没有减轻，对未来我充满希望。天气好极了。钱几乎没有。"（契诃夫）

伽达默尔认为共同生活的基础是认同"他人可能是正确的"，这也是阐释学的核心预设。"尽管按照这一格言生活可能很困难，但在我看来，它确实是共同生活的基础。"

诗的深度来自痛苦的灵魂，一切轻浮的心灵都不可能从诗里得到祝福。

现实是诗的对立面。

她开出的花太纯洁了，"花蕊"这个词对她而言过于色情。

从里尔克的"主啊，是时候了"（《秋日》），到策兰的"是时候了，是石头终要开花的时候了"（《花冠》），同样的祈祷之音让人感动。

完美主义者为自己制造了很多麻烦。

"杀君马者道旁儿。"人们希望他当众出丑，其实他早已心死。

不要和一个站稳了立场的人讲道理。

天阴欲雪，痛饮度日。

在雨中行走，不要太着急。

比亚兹莱的遗言："求求你们把所有这些粗俗的诗和画都烧了。"这和我们很多人梦想的"千秋万岁名"是多么不同。

一个人变得狭隘的标志是认为自己一切都对；一个人变得无知的标志是认为自己无所不知。

卡内蒂说人身体上的每个"洞"都是个奇迹（这个观察角度真是清奇）。确实，每个洞都将内与外、美与用结合得恰如其分。

强力诗人从友情中获得的力量远逊于自敌人处得到的。

李泽厚先生去世了。他给这个世界留下了一些新的解释，影响了几代人……然后等着被另一些大师推翻并重新解释。

你至少要花费十年或二十年的时间，才可能完成一件堪称伟大的东西，别梦想一蹴而就。

人们通常会为一些廉价的东西做一些精美的包装，真正有价值的东西倾向于裸裎自身。

大自然的一切声音都是和谐的，唯有人类才会制造噪音。

如果这个世界只有男人存在，他们会互相爱上对方，还是相互残杀殆尽？

女孩子一旦决定转身，就很难再回头。她转身的决心和速度比男人更坚决，因为她以此为生。你以为牵系她的是情感，其实可能是一些很现实的因素。

爱情需要不停的承诺来喂饱自己。

一听到有人说"诗不应这样""诗不应那样"，我就烦。诗唯创造，百无禁忌。

他知道那个名声在外的家伙不是他自己，但他自此多了一份责任：他要小心地维护那个名声，就像养育另一个人。

"如果我们不去占领，坏人们就会占领。"问题是，那阵地本就是为坏人们准备的。

诗为单纯的人格准备了轻便的风格，也为深刻的思想提供了繁复的身体。

一旦读书交友只为找认同感，思维的固化便不可避免。

画家何多苓说，虽然当代艺术的成功是基于原创，"所以大家都想成为杜尚"。但由于我们的现代转型期太晚，"语言的原创时代已经结束了"，我们只能去学习和引用，"学习不可耻，不学习才可耻"。

在梦里写了一首诗，很完美，醒来后却忘得一干二净——这首诗到底存在过没有？

人需在某种程度上成为尼采的"超人"，以防被众人捕获。忧伤和恐惧是被众人捕获的典型心灵症状。

当你看到一个人的写作很傻很天真时，一定要克制住好为人师的冲动——只要他乐在其中，就不要去打扰他的梦。

至少到目前为止，写作带给自己的影响远大于对读者的影响。即便如此你都能愉快地写下去，还期待什么读者呢？

哪有什么哀悼的知识？没有。

珍视每一个降临到你生命中的人，有奇遇，有偶遇，有赐福，有伤害……尽量一视同仁，仅仅因为他/她们曾经来过，他/她们数量有限。

现在想想，鸵鸟是用一种最简便的方法让自己的内心得到平静。

有些思想仅仅因为被解释得过多，而变得稀释和失效。

在凝视夜空时，我时常会想起那辆被发射到宇宙

中的特斯拉，它在浩瀚的太空自由翱翔，播放着人类
的音乐。

如果你一年都没有在你的母语中读到几首人让人
心动的好诗，到底是你出了问题，还是这个时代的诗
人出了问题？

时光带走了一代又一代人，不慌不忙。

不往前看，只关注脚下，如此才能把没有希望的
道路走到底。

理想主义者的眼光总是朝前看，因此容易被脚下
的石头绊倒。

一只狗眼里有全部的温柔。

讨好型人格总是希望将馈赠出去的赞美再收回
来。爱自己，从不为陌生人点赞开始。

是爱让两个人的体温升高。如果没有爱，人与人之间的温度通常低于体温。

如果以"永生"来解决"死"的问题，这无法终结的旅程恐怕比"死"更加恐怖。如维特根斯坦所言，"困难在于：让自己停下来"。

他已年近七旬，依然努力表现得像个年轻人。其实这又何必，为何不去考虑创造一个伟大的晚年？

名声只和风有关。

创造的快乐只存在于创造本身，多余的收获只是累赘。

同行之间相互馈赠的帽子通常大而无当，戴在头上极其可笑。

如果沉默只是出于骄傲，这沉默几乎一钱不值。（回应卡内蒂的一个说法）

陀思妥耶夫斯基没活到六十就去世了，但他一直像个老年大师一样，仿佛从没年轻过。大师就是被隐去了青年时代的人。

维特根斯坦对哲学家的忠告是"慢慢来"。"慢慢来"的意思是别着急，人生还长，作品是在漫长的岁月中成长起来的。但人生又苦短啊，一不小心，美好的光阴就荒废了。这其中的关键是始终专注，并保持足够的耐心。

"姿态"是个很低级的东西。

他靠一支笔，爬出了人生的谷底。

诗亦可以是一个语言装置，它不靠语言自身的逻辑呈现思想／意义，而是试图将词语作为纯粹的物料，然后拆散、措置、拼贴、锻打、焊接……

自满是一种自斟自饮式的自我陶醉，通常无需假手他人便可将自己灌醉。

他知道自己并不是真的恨她，他还爱着她。但现在只有恨才能让他缓解一点痛苦，他决定服下这味药。

喜悦是否会像糖一样让人变胖？吞下更多的痛苦会让人变瘦吗？

卡内蒂说，人只有在没有欲求的情况下才是自由的。但自由本身也是一种欲求啊，这是个死循环。

人如果倒计时活着，会惊异于时间的流逝并不敢稍有懈怠。但人只能顺时针活下去，仿佛有一个无限的人生。

无法给人带来快乐，这是我不愿与人接触的原因之一。

没有一种深刻的自我否定，人很难自我更新。

"别诠释，别解释，让那些想破脑袋的人有事可忙。"卡内蒂式的调皮。

写作意义上的成功很虚妄。那么你转而追求失败？一旦追求成功了呢？

"从前慢"的原因在于"从前远"，人与人之间不会挨得那么近，距离产生了想象的空间。

热衷于流言蜚语，使一个写作者拥有了小商贩的气质。

虚弱者不停地向世界解释着自己，真正的强者自成一个世界。

幸福感来自对具体之物的爱，爱的面积越小，幸福感越强烈。

一只鸟，敛紧翅膀，不再歌唱，安静地等待这场暴风雪过境。向它学习！

人们不愿得罪恶人，恶人之恶在于他是一个靡菲斯特，一个不顾规则而将人性的底面曝光的家伙——

当然，每个人的人生底面都不是纯洁无瑕的。

有人死后留下万贯家财，有人死后只剩下一具尸身——但死亡以一种粗暴的方式抹平了这一切。

福柯说"人"只是一个晚近的发明，"人的出现是知识的基本配置发生变化的结果"，"在古典时期，人并不存在，存在的只是世界"。当我们沉浸在诗经、古诗十九首、陶李杜苏中时，我们的"新诗"就还没有在当代思想中被发明出来。

看一个诗人的专注力、付出的心力，主要看他结构一首诗的逻辑力量。通常而言，长诗的逻辑需要付出极大的心力，其次是短诗、断章、散章、小品……

诗不及物。诗是另一个现实。但适量的及物性可作为诗的防滑链。

节俭的习惯很重要。尤其是在长诗写作中，最容易铺张浪费。

过于光滑的诗句无法挽留现实之物。

写作是一种赤裸的敞开，以邀请陌生人闯进你的内心，因此需要克服一种伦理上的羞涩。

对灾难的感激之情，往往发生在克服／渡过灾难之后。

旷野的伟大在于它的无路可走而又无处不可去。

警惕"再写一首"的诱惑，这种写作上的暴饮暴食有损健康。

风格是包裹果核的果肉，某种程度上是一种爱，但也是一种局限和伤害。

抱怨是一种低级情感。亨利·米肖说："换几个社会，换几个环境，换几个时代，你会不会还是一个失败者？问问你自己。这问题令人恐惧，但能治好很多自我感觉良好的患者。"

你当众出丑了？别紧张，没有人将注意力在你身上停留五秒。

当人们在你的错误中辨认出自身存在同样的错误时，他们会更加积极地嘲弄你、批判你。

想在这个世界上留下一些东西，是一种虚荣。应该将自己身后的垃圾随身带走，一点不留。

老而撒娇，令人厌烦。

"如果有一天我向平庸低了头，请朝我开枪。"（凯鲁亚克《在路上》）

他总是以陈词滥调的方式反抗着陈词滥调，事实上陈词滥调不必反对，它就像垃圾一样存在。反对垃圾就要冒着自身成为垃圾的危险。

他的天才来自他的笨拙，他有多缓慢／脆弱，就有多天才。

"诗领导生命"，这是老于在我公司留言簿上写下的一句话。关键是：什么领导诗？我更倾向于"诗创新生命"。

总是我们肉体深处的罪，让我们相爱更深。

网络世界仍是一个充满仇恨、凶恶、偏执的蛮荒世界，那里需要一部大地法。

时间久了，他用来说服别人的那套话术，把他自己也说服了。

绝对意义上讲，没有恩典，便没有诗。

爱让人拥有未来。

仅仅是说人话，还不是诗。诗在某种程度上不是说人话，而是代替上天开口说话。

晦涩的风格后面也许是极其肤浅或一无所有的，

只是要辨认出它，需要花些时间。

他不是超越了时代，而是从未真正进入过时代。

加西亚·马尔克斯被认为是"最没有争议"的诺奖得主，但卡尔维诺认为，"他是一个优秀的作家，但他还可以再等等"，因为另一尊神博尔赫斯还没有获奖，这无异于"在给父亲之前先给了儿子"。

对一个坏人最好的报复方式是原谅他。

"任何种类的奖赏，都构成一种能量蜕化。"（薇依）

龟兔赛跑，我认为兔子的态度很正确——你跑赢一只乌龟又能说明什么？

二十一岁的曼德尔施塔姆写下"黄金在天空舞蹈／命令我歌唱"，这是一个天才的最初腔调。

文人相轻好啊，就应该这样。

体制的反对者之所以成为反对者，是因为他们骄傲；之所以反对没有力量，也是因为他们骄傲。

诗不讲道理时还显得可爱一些，一讲道理就会变得蠢不可及。

不是土地，而是人群，让一个地方成为故乡。

希望是一个痛苦的钓饵，无论你是否上钩，结局都是一样的。

为了回避痛苦与虚无，人们劝慰自己努力"活在当下"，殊不知，所有的痛苦也都处在一种当下状态。

仇恨的瞳孔是灰色的，看不到真实世界的色彩。

苍蝇不叮无缝的蛋，人们往往苛求蛋的完美性，却对苍蝇网开一面。

我们现在终于能够写好农业时代的诗了，但我们的生活却早已远离农业社会。我们的写作活在记忆里。

"有的人活着，他已经死了"，对诗人而言，这是一种多么理想的状态，伟大的"无名"。如一艘沉船沉没于俗世的深海，不受打扰，亦不去打扰他人，只将自己圣徒般地献祭给诗神。"艺术家应该尽量设法让后人相信他不曾活在世上。"（福楼拜）

被人推下悬崖的感觉很糟糕，但如果摔不死，接下来就可以慢慢享受爬坡的快感了。

月亮在升起之前做什么？

压死骆驼的是每一根稻草，但人们往往只谴责最后一根稻草。

不断学习只为增强自己的无知，自信满满总能成功地骗过自己。

众人皆醉我独醒？——哪来的自信？万一是你疯了呢？

对害羞的人而言，天堂是个不起眼的角落。

坚持让自己直视恍惚不定的未来，不回头，不回忆，也是一种英雄主义。

花一整天的时间，做一件徒劳的事情，这一天总算没有虚度。

天才的诗人有一种纯粹的直觉，但综合心智往往不那么成熟。现代性更强调综合心智，因此天才多产生在前现代／田园诗时代。

我珍藏着我的死，我最大的财富。

我想我会永在。我若不在，世界便不存在。但世界永在，因此我永在。

在但丁的《地狱篇》开篇，诗国之王荷马后面跟着贺拉斯、奥维德和卢卡努斯，"于是我看见诗国里高贵的一派，这一派的诗如飞鹰，凌驾一切"。在汉语里，无论是陶，还是李、杜，再没有颂神的诗人，只有颂圣者，人间生活的颂扬者，酒徒，登徒子，伪善者，附庸风雅者，少有那痛苦的心灵，褴褛的漫游者，大地上的使者，巫者，灵魂的追问者……醉生，但不梦死。

因为无法和一个时代和解，他决定远走他乡。

只有跃出这个时代，才能属于这个时代。

当他当面赞美我时，我知道他说的不是我，但我还是内心喜悦，虽然我知道那不是我；当得知他在背后诋毁我时，我知道他说的就是我，但我还是内心悲愤，我知道那就是我，那就是我。

沉默，只为世界降低一点噪音。

我这么谦逊的一个人，也被你们弄得骄傲起来了。

诗是一种逃逸，带我们逃离同质化的世界。

诗在语言不及之处。

多么奇怪，人们评价一个诗人时，往往不去看他曾攀登过的高度，却乐于看他跌落的低处。

为了留下一个好印象，很多年轻时喜欢的作家，他们晚年的作品我都尽量不读了。

很可惜，人要到老年才能真正理解年轻。

总之是年轻时太收敛，犯的错太少，导致很多错拖到中年才犯。

诗人的事业无非是让诗死于大众，以便重生。

真理是一副骨架，谎言充盈其肉身。

关上门，这一屋子的孤独让我快乐。

人为自由而丧失了太多自由。

虚度一生真的很难，人往往要借助一些事／物的填充，才能安全度过此生。

仰望星空的人容易被地上的障碍绊住。

先把苦难和愤怒消化了再去写作。苦难喂养的是诗人，而不是诗。

有时候，轻浮确实可以扛住一些沉重的东西。

一个词的松动或朽坏，有可能导致一首诗的坍塌。

圆月并非稀罕之物，却常让我们有撞见之感。

"伤口"这个词本身就让人疼痛。

他们在没有找到传统之前就开始反传统了。

诗不为读者而存在，它独自存在，像某个永恒之物，一块穿越古今的石头。

何物，如钟锤在你的体内摆动……

为什么我不想加入他们的队伍，就成了他们的敌人？

借助遗忘的梯子，从深坑里爬上来……一种强烈的想要康复的愿望……

小时候，我们用各种模拟的声音来命名动物：咕咕、叽叽、咩咩、汪汪……当我们还不会说话时，我们和一切生物平等。

尽量让客观之物自己说话，诗人少插嘴。

有人在城里，却写了一辈子乡村的诗；有人在乡村，却无论如何也写不好一首诗。

随时随地写首诗——这太难了。写诗需要沉浸在某种情境里。

诗歌反对一览无余。"美是一种遮蔽。"（韩炳哲）

朝向那真正的悲剧性去努力，那种庞大的、粗砺的、黑暗的、混乱的、带有崇高感的悲剧性，而非柔顺的、轻盈的、戏谑的、精致的美。

不写便宜的诗歌。

玫瑰开着玫瑰色的花——多么骄傲的自我指涉！

诗从日常的街巷中离开，走得越远越好。

一颗断牙，在她可爱的口腔里……

这多余的名声对写作者而言完全是个累赘。

　　猫为我捕来一只鸟，作为献给主人的礼物。我夸赞了猫的忠诚，并未死去的鸟雀做了祷告——多么仁慈、友善而分裂的人生！我们活得如此无法自圆其说。

　　诗的迷狂高于它的清醒。把清醒让给哲学吧，让诗去亲近酒神之吻。

　　为何死亡竟成为最终的惩罚？不，不死才是。

　　我怕我因小小的才华而啰嗦个没完……

后
记

没道理可讲

2020 年初，我刚到美国，住在南加州的一个公寓里。那时候疫情还没有开始，人们照常生活、工作、旅行。南加州的天气妙不可言，气候宜人，每日阳光灿烂。然而很快，疫情便弥漫开来。人们开始禁足、居家。我没想到这一禁就持续了两三年。

我的小书桌对着一面开阔的落地窗，窗外是一个长满绿植的小花园，喷水池、美洲蕨、墨西哥仙人掌、热带棕榈……不时还会飞来几只白海鸥。大部分时间里，我都是坐在书桌前，面对着这些景物发呆。发呆得时间久了，就会出神。

字典解释"出神"的意思："精神过度集中以至于发呆。"我觉得未尽其意。以我的体验，"出神"是从发呆开始，因发呆而使精神趋于集中。但"精神集中"并非"出神"的状态，而是"出神"的条件，就像绝对的安静与孤独是"发呆"的前提一样。"出神"是精神、意识、灵魂从"精神集中"的状态中出走，脱离了现实的羁绊，神游万物，抵达一种迷狂般的启示状态。

这些零零碎碎的笔记，很多是在这种状态下写的。它们更多是一种冥想而非逻辑思辨，一种自我对话而非自我辩护。它们到底算不算是一种道理呢？我觉得也没什么道理好讲，毕竟无辩解无逻辑且很少对现实讲话，顶多算是一种喃喃自语，而且是在"出神"状态下的喃喃自语。一旦"回过神来"，再次回到现实中，有些话语就显得新鲜又怪诞。

在整理这些笔记的过程中，我尽量保留了关于"诗"的一些沉思，毕竟这是我熟悉的领域。我以为，"出神"是抵达诗的前提，也是抵达"思"的条件。凝聚，然后逸出，最终抵达。抵达是触及某物，然后用文字记下，但记下的并非真实的某物，因文字也会失真、变形、遮蔽。"出神"是一种开显，但这种开显永远无法用文字呈现，因此，诗在文字不及之处。

在此特别感谢天津人民出版社，感谢本书责编伍绍东兄。

朵渔

2022 年 9 月，天津